ACHEL

OU

BELLE JUIVE,

NOUVELLE HISTORIQUE ESPAGNOLE.

LE MIROIR MAGIQUE.

RACHEL

OU

LA BELLE JUIVE,

NOUVELLE HISTORIQUE ESPAGNOLE.

Avignon.

CHEZ OFFRAY AÎNÉ, IMPRIMEUR-LIBRAIRE,
place Saint-Didier, 11.

1860

RACHEL,

OU

LA BELLE JUIVE.

NOUVELLE HISTORIQUE ESPAGNOLE.

Alphonse VIII, roi de Castille et de Léon, monta sur le trône à l'âge de quatre ans; Ferdinand, roi d'Arrangon, son oncle maternel, s'étant emparé de ses états, sous prétexte de les gouverner, les nobles Castillans arrachèrent bientôt des mains de cet usurpateur leur jeune monarque, le rétablirent sur son trône, veillèrent eux-mêmes à son éducation, et le vengèrent des entreprises que les Navarrois, les Portugais, et les Maures avaient faites contre les places frontières de ses états.

Le jeune héros, rassuré par la valeur et l'affection de ses sujets, par ses victoires, contre l'ambition de ses ennemis; emporté par un zèle religieux, suivit à vingt-trois ans, à la conquête de la Terre-Sainte, l'illustre

Godefroi de Bouillon, dont il partagea les périls et la gloire, et n'en revint que pour se couvrir de nouveaux lauriers, en châtiant les Maures, des ravages commis en son absence sur une partie de ses possessions.

Alphonse, doué de tous les avantages naturels, objet de l'émulation de ses égaux, estimé de toutes les parties du monde connu, marié à l'estimable Ermengère, adoré de son peuple, idole de la noblesse de Castille et de Léon, environné d'une cour brillante empressée à lui plaire, était le plus heureux des souverains de la terre. Tout-à-coup, une erreur bien légère en apparence, une vaine curiosité, va le faire tomber dans l'excès de la plus condamnable faiblesse : sans le savoir, il engagera sa liberté et s'exposera à la perte de l'amour de son peuple, de sa couronne, de sa gloire, et même de sa vie.

Ce fut au milieu d'une fête brillante, qui rassemblait dans le palais de Tolède la jeunesse des deux sexes, qu'Alphonse reçut la première atteinte d'un poison devenu depuis si fatal à ses sujets et à lui-même. Le seul favori qu'eût ce prince, Garceran Manrique de Lara, y paraissait absorbé dans ses rêveries, lui, jusque-là regardé comme le plus enjoué des courtisans. Qu'avez-vous Manrique ? lui dit son souverain. Diane m'est infidelle, répond Garceran : elle me quitte pour dom Alvare de Lunes. Je n'en puis douter ;

en ayant été convaincu ce matin par le plus extraordinaire de tous les moyens ; mon orgueil souffre beaucoup dans ce moment-ci ; mais le tableau qui m'a instruit et mortifié me porte beaucoup plus à rêver que l'inconstance d'une femme : c'est un secret, sire, dont je ne saurais vous entretenir ici, il conduirait à une conversation trop sérieuse ; les yeux de toute l'assemblée sont tournés sur les vôtres, et cherchent à briller de la joie dont vous paraissez être animé ; demain à son lever, votre majesté saura mon aventure. Après cette demi-confidence, Manrique se dérobe au tumulte de la fête.

Le lendemain, dès qu'il est au chevet du lit d'Alphonse : Sire lui dit-il, j'avais des raisons de m'inquiéter sur les dispositions de ma maîtresse à mon égard. J'en parlais avec mon écuyer, instruit de mon secret : il me propose une manière aussi abrégée que sûre de m'éclaircir : qu'il connaît un Juif, grand cabaliste, qui me fera lire dans le cœur de mon infidelle : je balançais ; il m'assure d'en avoir lui-même fait l'épreuve avec grand succès, et je me laisse conduire chez cet homme extraordinaire. Là, on me fait subir des cérémonies ennuyeuses, dont l'appareil était nouveau pour moi : il était question de me mettre en communication avec des esprits, à l'existence desquels je ne croyais point ; la curiosité l'a emporté sur l'impatience occasionnée par tant de momeries ; et, quand on m'a cru bien préparé, on m'a fait asseoir devant un miroir où j'ai vu, mais très-distinctement, Alvare de Lunes en conversation fort tendre, fort animée, avec la dame de mes pensées. Pendant le discours de Manrique, Alphonse levait les épaules, il prend la parole : votre écuyer s'entendait avec un charlatan Juif, et on vous aura fait voir un tableau. Oui, Sire, dit Manrique, dans un miroir de métal de quatre pouces au plus en carré, on m'a fait voir un tableau d'objets de grandeur naturelle et qui ne m'ont semblé que trop vivants.

Vous êtes Castillan, Manrique, et n'êtes pas capable de mentir, dit le roi ; mais on a pu vous en imposer, ou la passion vous aura fait illusion ; j'en appréhende l'effet sur une tête aussi vive que la vôtre ; vous me ferez voir votre prétendu négromant : il me présentera un tableau vivant, ou je le ferai châtier de manière à le dégoûter de faire des dupes ; ordonnez-lui de ma part de venir me trouver sur-le-champ. Je sacrifierai toute autre affaire à celle-ci, pour ne pas donner à l'imposture le tems de s'arranger pour vous en faire accroire.

Garceran va lui-même trouver le juif, et revient. Sire, dit-il, j'ai donné ordre au rabin de me suivre, et il marche avec confiance sur mes pas. Un rabin ? reprit Alphonse, et il vient délibérément ? il faut que ce soit un docteur. il ne m'a, pas témoigné reprend Manrique, la moindre crainte : cet homme est assuré de son fait ; je l'ai prévenu que votre majesté voulait le voir ; il n'y a attaché qu'une condition. Les rois m'a-t-il dit, sont sur cette terre fort élevés au dessus des hommes ordinaires ; mais s'il est question de les faire communiquer avec des essences d'un ordre bien supérieur, ils rentrent dans la classe ordinaire, et, pour être en rapport avec le céleste, il faut se soumettre à toutes les opérations qui doivent nécessairement y préparer le curieux, de quelque rang qu'il soit. Je m'y suis soumis, sire, et si vous n'acceptez pas les mêmes conditions, le rabin se retire.

Garceran Manrique ne voudrait pas compromettre son roi et son ami, dit Alphonse. Je ferai ce qui sera nécessaire pour ôter toute excuse à cet homme, et ne suis pas inquiet de le faire repentir de l'abus qu'il aura fait de ma patience, et de son audace à prétendre m'en imposer ; allez au-devant de lui et l'introduisez.

C'est ainsi que l'aveugle confiance d'une part, et une présomption peu éclairée de l'autre, introduisirent le dangereux Raben à la cour de Tolède. Pour le malheur du souverain et de son peuple, ce scélérat n'était pas pris au dépourvu, et quoiqu'on eût cru le surprendre en le mandant sans le prévenir, il arrivait avec un plan formé, dont l'imprudence et l'aveuglement allaient lui faciliter le succès.

Alphonse se soumet à toutes les minuties d'un cérémonial d'initiation ; plus il se prête complaisamment à tous les détails de cet acte ridicule à ses yeux ; plus il pense acquérir de droit à prendre le ton sérieux avec Manrique, pour l'engager à revenir de l'illusion dans laquelle il a été enveloppé, plus le Juif sera convaincu d'imposture.

Pendant qu'Alphonse s'expose, sans le savoir, à devenir encore plus dupe et plus enthousiaste que Manrique, Ruben s'étant assuré de la préparation de ses deux néophites, a vu que tout lui était favorable ; alors il place sur un bureau le miroir mystérieux : Sire, dit-il, voilà la merveille dont on vous a entretenu ; elle vous présentera d'elle-même l'objet que vous désirez d'y voir ; ma présence, mon ordre, mon consentement y sont inutiles. Cependant je dois vous prévenir, que, dans le cas où vous voudriez voir tous deux ensemble le même tableau, il faut qu'en exprimant le même désir, le pouce de la main gauche de l'un s'entrelace dans celui de la main gauche de l'autre. Après cette instruction, le rabin se retire dans une pièce voisine, dont il tire la porte sur lui.

Soit que ce fut l'effet du sang froid du rabin, ou celui du cérémonial, un petit frisson commençait à glacer les sens d'Alphonse. Il ne pouvait plus, à ce qu'il imaginait, faire un pas en arrière. Au moins, dit-il à Manrique, si cette farce doit finir par un spectacle, il faut qu'il soit agréable; prenons-nous par les pouces, puisque cela est essentiel, et demandons à voir la plus belle femme qui soit en Espagne.

Le prince venait de former ce vœu, les yeux fixés sur le miroir : à l'instant la glace semble se ternir ; peu à peu elle représente un ciel couvert de nuages ; ces vapeurs passent et reviennent comme si des vents opposés les eussent agitées ; tout-à-coup le fond s'éclaircit et présente une personne de dix-sept ans, vêtue dans la plus grande simplicité, et la tête nue : elle était assise, et paraissait occupée d'une lecture. L'objet était éblouissant, et par lui-même et par le brillant du jour dont il était éclairé. Elle pose son livre sur une table, se lève et se retire lentement en laissant admirer la glâce, la noblesse, l'élégance de sa taille et de son port, et une superbe chevelure, dont le bout de la tresse effleurait la terre : bientôt le miroir se trouble de nouveau et redevient une glace ordinaire.

Quand on étonne un esprit fort par un prestige, il passe rapidement de l'incrédulité opiniâtre à l'excès contraire. Alphonse prend la plus haute opinion de Ruben et de sa science : rappelez, dit-il à Manrique, cet habile homme, son miroir est impayable.

Ruben reparaît : son extérieur n'a rien de celui d'un homme qui vient de faire voir une espèce de prodige ; il est froid et composé. Celui d'Alphonse est bien extraordinaire ; ce n'est plus cette physionomie d'aigle ; ce n'est plus ce maintien haut, ou ce ton assuré. On peut dire que sans la grande habitude où sont les rois de commander à leurs attitudes, il en eût pris une soumise, vis-à-vis du rabin, prétendu merveilleux ; il fit à celui-ci les offres les plus magnifiques pour le récompenser de sa complaisance ; mais le rusé politique se garda bien de rien accepter, il joua le désintéressement et le zèle.

Le monarque était confondu et enthousiasmé tout-à-la fois. Est-ce, disait-il à l'Israélite, un objet réel et existant que je viens de voir ? Oui, sire, si vous n'avez pas demandé à voir une chimère, répond le rabin : Quoi ! dit Alphonse, cette belle, cette ravissante personne existe en Espagne ? Je ne sais, repartit Ruben, quel a été l'objet de votre curiosité ; mais le miroir ne saurait mentir. Et ne pouvez-vous pas le faire reparaître ? dit Alponse d'un ton d'impatience.... Non, sire, le miroir ne montre jamais le même objet.... Je ne reverrai jamais cette divine beauté !... Il faut, dit l'Hébreux, que j'apprenne moi-même à la connaître, laissez-moi la liberté de consulter.

Le roi et Manrique laissèrent le négromant

seul dans le cabinet ; ce dangereux personnage n'avait pas besoin d'apprendre le nom de la jeune personne, dont la figure avait paru dans la glace.

Avant que le prince eût demandé à voir dans la glace, Ruben était instruit de sa détermination, et au moyen des initiations et des rapports établis par elle, il y avait plus qu'influé ; mais il fallait mettre du mystérieux et donner un air de difficulté et de doctrine à tout ce qu'il faisait : il laisse écouler un tems assez considérable, pour se donner l'air d'avoir fait des opérations, des recherches, et reparaît enfin pour rendre sa réponse.

La beauté que votre majesté a demandé à voir, sire, se nomme Rachel : c'est une Juive orpheline, demeurant à Cordoue, dans sa famille. A Cordoue ? interrompit vivement le roi, n'étant déjà plus à lui ; j'irais la chercher à la tête de cent mille hommes...... Vous n'aurez pas besoin, sire, de faire un armement aussi dispendieux ; que j'aie votre portrait, donné de votre main ; je le fais rendre ce soir à Rachel, et dès demain elle se met en marche pour vous le rapporter.

Manrique avait au col une chaîne à laquelle pendait un portrait d'Alphonse ; celui-ci l'enlève à son favori, le remet à Ruben, sans prévoir l'abus qu'en pourra faire ce dangereux ouvrier ; l'Hébreu se retire, et laisse le roi de Castille soumis à la religion du secret, absorbé dans une foule d'idées absolument nouvelles pour lui. L'optique des faits surnaturels s'est présentée à ses yeux ; il prétend s'en rapprocher, et se promet d'en tirer une foule de connaissance sublimes, qui lui font déjà mépriser celles dont il avait pu être redevable à l'étude, à l'usage, à l'expérience.

Le moment s'avance où cet horison si étendu va se borner à un seul point. Ce sera celui où il aura vu les beaux yeux de Rachel : le négromant a tenu parole, la belle Juive est arrivée de Cordoue, elle est chez Ruben. La voir ; s'enflammer pour elle ; tomber à ses pieds, ne plus s'occuper que d'elle seule, ne respirer que par elle et pour elle, voilà le rôle d'Alphonse. La cour murmure, la reine gémit, se plaint, éclate, se sépare et va se retirer à Oreïa. Le seul effet de ces démarches est de laisser son souverain aveugle, plus maître d'obéir à la passion qui le maîtrisse ; et Rachel, par son ordre, vient s'établir au palais.

La noblesse s'écarte de la cour, se bornant à témoigner le sentiment douloureux dont elle est affectée. Alphonse, jusqu'alors si jaloux de l'estime et de l'attachement de ses sujets, demeure insensible à un témoignage aussi marqué de l'impression que sa conduite a faite sur les compagnons de ses glorieux travaux ; il ne reste auprès de lui que Manrique : on cesse même de reconnaître en lui l'aimable

Garceran, digne rejeton de l'illustre maison de Lara ; Ruben se l'est, pour ainsi dire, asservi : de faux principes ont remplacé ceux qui avaient fait la base de l'éducation de ce jeune chevalier ; en un moment il a perdu cette fleur d'élévation, de magnanimité, ce caractère de la noblesse castillane : devenu disciple de Ruben, il est esclave des volontés de Rachel et bas courtisan d'Alphonse.

Cependant Ruben ayant su approcher son élève du trône, emploie ouvertement le crédit qu'il a sur elle à l'avancement de sa fortune, à celle de ses frères les Hébreux. Le roi, ébranlé sur les principes de sa propre religion, en comblant ce peuple vagabond de faveurs, croit satisfaire à la justice du ciel, et leur donne hautement la préférence, même sur les sujets qui eussent le mieux mérité de lui ; les douanes, le commerce entier leur sont abandonnés. La Castille et le royaume de Léon gémissent sous leurs mœurs, leurs monopoles, leurs vexations en tous genres ; aucune plainte ne peut être portee aux pieds du trône qui ne soit rejetée avec hauteur, avec dédain. C'est l'impérieure Rachel, qui les accueille ; cette femme singulière, enrichie à l'extérieur des plus beaux présens de la nature, possédée par Ruben, a le caractère atroce. On verra par les détails de l'événement, quelle espèce de monstre l'amour et l'art, de concert, avaient su donner pour maître à Alphonse, et pour tyran aux peuples asservis à la couronne de ce jeune et alors malheureux souverain.

Alphonse, enfermé dans Tolède, n'en sortait plus que pour varier par le plaisir de la chasse ceux qu'il goûtait dans les bras de l'amour : nuit et jour environné de Juifs des deux sexes, il fut devenu absolument étranger à son peuple, s'il eût été possible à celui-ci de perdre de vue un prince, leur idole, jusqu'à ce fatal moment. Il attendait, sans murmurer contre lui, que rassasié par la jouissance, et délivré par les suites de la passion qui l'avait égaré, il revînt de lui-même à la pratique de ses devoirs.

Cependant une année succédait à l'autre sans apporter le moindre changement à la conduite de leur souverain, sans qu'ils éprouvassent le plus léger adoucissement à leurs infortunes ; son assujettissement semblait augmenter par la réunion des malheurs qui en étaient la suite, et la beauté qui le gouvernait paraissait assurer son empire par de nouvelles exigeances et par la bizarrerie de ses caprices. Sept ans s'étaient écoulés, et la patience castillane n'était point encore à bout.

Les gouverneurs des places résistaient, presque sans secours, aux entreprises des Muzarabes et des Andalous Maures. Les peuples fléchissaient sous le joug, se contentant d'implorer le ciel pour qu'il voulût délivrer du joug d'un abominable maléfice leur monarque, dont ils espéraient de voir renaître toutes les vertus.

La patience a un terme : Rachel, Ruben et leurs favoris l'avaient lassée : de petits complots se forment dans toute l'étendue du royaume de Castille et de Léon, dans la partie de l'Andalousie soumise au gouvernement d'Alphonse. Un castillan sage, dévoué à sa patrie et à son souverain, en prévoit l'effet ; c'est Fernand Garcias de Castro, attaché à Alphonse dès la plus tendre enfance de celui-ci : ayant été précédemment son guide et son conseil, méprisant les bruits populaires ; mais blâmant la conduite d'un maître dont il respectait l'autorité, il croit devoir faire le dernier effort pour venir ouvrir les yeux au prince sur l'inquiétude du peuple, et le danger qu'il y aurait à ne pas mettre ordre aux abus.

Il descend des montagnes de Castille où ses terres étaient situées, où, après d'honorables fatigues, il avait été chercher le repos nécessaire et convenable à son âge ; il s'achemine vers Tolède.

Quel spectacle pour un sujet fidèle, pour un vertueux citoyen ! Tout est en mouvement pour exiger d'Alphonse le sacrifice de l'objet de son inclination : amis, compagnons, sujets comme moi, citoyens, qu'allez-vous faire ? leur dit-il ; ah ! respectez le trône ! il fait votre sûreté ; respectez les erreurs du souverain que Dieu vous donna pour chef ; ce n'est pas à vous à lui en demander compte. Eh quoi ! je vois des Castillans mutinés, révoltés ! Songeons au degré d'estime que nous avons mérité de la part des nations qui nous observent et nous jalousent : peut-on reconnaître la vertu au mouvement aveugle, impétueux, désordonné qui vous agite ? Pourrez-vous vous répondre que, rencontrant des oppositions à vos vues, vous ne serez point exposés à souiller vos mains par le plus horrible de tous les attentats ? Ah ! Castillans, arrêtez-vous ; écoutez-moi ; qu'il n'y ait rien dans ce que nous allons faire qui ne soit noble, sage et digne de nous. Je vais à Alphonse, à ce roi dont je connais le cœur. Je sus l'arrêter lorsqu'il se laissait emporter dans la chaleur du combat. Sa passion pour la gloire ne l'empêcha pas d'écouter ma voix, il la reconnaîtra quand je lui présenterai les objets de vos plaintes, et je trouverai le chemin de son cœur.

Le vénérable vieillard émeut, touche, et ne persuade pas : l'attroupement, dont il voudrait arrêter la marche, continue d'avancer, dans ce morne silence qui caractérise les résolutions méditées à loisir, et dont la prudence se propose de diriger les exécutions. Garcias, jugeant alors combien il est à propos que son souverain soit instruit du danger dont il le voit menacé, presse le pas de son cheval pour arriver à Tolède.

Alphonse, renfermé dans le fond de son palais, ne soupçonnait point les motifs des mouvemens qui se faisaient autour de lui. Il devait ce jour-là célébrer par une fête, annoncée dans tous ses états, celui où les bords du Tage l'avaient vu revenir couvert de lauriers cueillis dans les plaines de l'Egypte, de la Syrie et de l'Idumée. Un concours de peuple le flattait au lieu de lui donner de l'inquiétude.

Fernand Garcias traverse la ville. Il voit dans l'attitude, il lit dans les regards des Tolédans le témoignage de leur complicité ; il n'est plus tems pour lui de chercher à leur faire abandonner leur plan. Il faut qu'il trouve les moyens d'obtenir une audience du roi ; Manrique gardait les avenues de l'appartement.

Je me félicite, dit Garcias en l'abordant, malgré les démêlés de nos maisons, de trouver ici l'héritier du vaillant Rodrigue Gonzales. Notre souverain est dans un péril éminent ; non qu'on en veuille à lui, il n'est pas un Castillan qui ne versât jusqu'à la dernière goutte de son sang pour sa défense ; mais on veut celui de la Juive ; et Alphonse, aveuglé par sa passion, peut se précipiter dans trop de périls pour la défendre.

Vous, Manrique, héritier d'un si beau sang, dont la jeunesse a donné tant d'espérance ; soyez mon introducteur auprès du roi, et mon appui : qu'on voie enfin le sang de Lara et de Castro, si long-tems divisé pour de méprisables intérêts, se réunir pour délivrer le souverain et la nation du joug ignomieux, insupportable d'une Juive.

Seigneur, dit Manrique, je me flatte de n'avoir pas dégénéré ; mais je ne me crois pas fait pour donner la loi à mon maître, et déclarer la guerre à une femme. S'il faut arrêter une émeute populaire, la faiblesse ne sera jamais le moyen dont je conseillerai de faire usage ; et les mutins, s'ils s'y exposent, connaîtront que je ne suis pas indique de succéder à Rodrigue de Gonzales. Que des gens qui se sont oubliés dans les montagnes y soient devenus inquiets, sous un gouvernement dont ils se plaisent à critiquer les ressorts ; que, par ignorance de ce qui se passe, ils croyent à des bruits répandus par la calomnie ; qu'ayant passé l'âge de la sensibilité, ils s'abandonnent à l'humeur, s'érigent en censeurs des mœurs, et veuillent gouverner les passions de leur souverain ; si je me refuse à les blâmer ouvertement, je connais trop mes devoirs pour me laisser séduire par eux. Le roi est en affaire, et ne peut maintenant accueillir votre harangue. Il doit sortir pour se rendre à la fête ; joignez-le au milieu du tumulte, et faites-lui seul vos remontrances, si vous continuez de penser qu'elles soient à propos. En finissant ces mots, Manrique tourne le dos, et rentre dans l'appartement du roi.

Courtisan avili ! dit le respectable vieillard, et Alphonse est assez malheureux pour qu'il ne reste pas autour de lui un sujet fidèle !

A la suite de cette douloureuse réflexion, Fernand allait s'éloigner, lorsqu'il aperçoit Alvare Fanés, chancelier de Castille, sortant d'un cabinet avec des expéditions. Alvare est étonné en voyant Garcias. Vous à Tolède ! mon ancien ami ; vous, à la cour ! Je m'aperçois bien, lui répond Garcias, qu'un bon serviteur doit paraître un phénomène ici. Alvare lui serre la main. Suivez-moi, mon cher Fernand ; notre roi a actuellement, et ici et autour de lui, plus de sujets attachés à sa personne que vous ne pensez. Mettons-nous à l'écart ; j'ai à vous entretenir d'un objet fort sérieux. Tout semble annoncer ici la joie : dans un moment...... Ah ! je vous arrête, Fanés ; quoi, on conspire ! et vous êtes du complot ?.... Oui, mon cher Garcias, j'en suis pour sauver Alphonse malgré lui-même. Il faut que la Juive périsse ; c'est le seul moyen d'anéantir le charme infernal par lequel elle le tient enchaîné.

Vous allez attenter à la vie d'une femme ! Vous l'arracherez des bras de votre souverain ! Vous allez vous exposer et l'exposer lui-même aux dangers d'une sédition, sans rien appréhender des excès où pourra le porter son courage. Garcias, dit Alvare, notre parti est pris ; la raison d'état, notre attachement pour notre souverain et la religion nous commandent : nous nous exposerons ; il ne sera jamais exposé. Mais fût-ce entre ses bras, l'odieuse Rachel sera poignardée. Si la mort de ce monstre n'était résolue, les expéditions que je porte en feraient prononcer l'arrêt. Elles déclarent la nation Juive exempte de tout impôt, lorsqu'il est question de lever sur le royaume un nouveau subside pour fournir aux dépenses du siége de Cuença, pour lequel on vient d'assembler brusquement un corps de dix mille hommes.

Oh ! mon cher Fanés, dit Garcias, conduisez moi au roi ; que je vous sauve tous du malheur d'outrager la royauté. Ménageons un souverain, dont la jeunesse nous fut si chère. Laissez-moi baigner ses pieds de mes larmes ; secondez-moi, et nous le déterminerons à renvoyer Rachel.

Quand vous y réussiriez, Garcias, son cœur serait toujours où habiterait cette Juive. Il ne pourrait jamais reprendre ses vertus, et succomberait aux chagrins de sa séparation.

Vous vous exagérez, Fanés, le pouvoir de l'amour dans l'absence..... Et vous Garcias, vous donnez tout au pouvoir de l'amour.....

La conversation des deux respectables vieillards est interrompue par des cris éloignés, dont le bruit est venu jusqu'à eux. Courons, mon ami; courons, dit Garcias à Fanés : allons nous mêler parmi ces furieux : allons les modérer, les contenir, les disperser. Ils ne pourront tenir contre l'ardeur de notre zèle et nos cheveux blancs.

Alphonse était sorti du Palais avec Rachel pour aller à la fête, tous deux rayonnants de parure. Le char du monarque précédait celui de la favorite. Dès que le peuple les aperçoit dans la place, on fait foule pour les entourer, mille cris partent à la fois : Vive, vive Alphonse, et meure Rachel! Le roi ordonne à sa garde de protéger la retraite de son idole, dont la voiture a repris bien vite le chemin du palais. Lui descend de la sienne, s'élance courageusement au milieu du peuple qui s'écarte respectueusement pour lui livrer passage; mais dix mille voix autour de lui s'écrient : Vive à jamais Alphonse! meure, meure Rachel, et périssent tous les Hébreux!

De quelque côté que veuille tourner Alphonse, la foule obéissante s'émeut et se dispose pour ne point lui opposer d'obstacle. On a dépouillé de fleurs des arcs de triomphe pour pouvoir semer sur ses pas les fleurs dont ils étaient ornés. On distingue Fernand Garcias, au milieu de ces étranges conjurés; il se donne des mouvemens extraordinaires, dont le roi ne peut pas saisir le motif. Cependant peu-à-peu l'émeute commence à se calmer, les cris semblent moins unanimes, et la foule dont ils partaient, en se divisant, s'éclaircit.

Garceran est venu annoncer à Rachel qu'elle doit pourvoir à sa sureté, en se retirant dans la tour ; à Ruben, qu'il peut se recommander à ses esprits. Les yeux de la Juive étincellent de courroux. Est-ce Alphonse, dit-elle, qui me donne ce conseil timide ? lui qui doit être le boulevard entre le peuple et moi. Et toi, Ruben, tu trembles ! la soif de l'or t'a-t-elle fait négliger toutes les ressources de ton art ? Mais tu peux faire le mal, jamais le bien. Ta puissance et ta morale vont de pair. Vous, Manrique, vous m'avez dit ce matin que ce Fernand de Castro était descendu de ses montagnes. C'est lui qui encourage cette vile populace. Vous pourrez vous réunir avec lui contre moi ; cela terminera honorablement pour vous la querelle de vos deux maisons..... Et je ne trouverai pas un homme assez courageux pour me défaire de ce vieux sauvage ? En parlant ainsi, elle empoignait avec un mouvement de rage le portrait du roi, toujours attaché à son col. Alphonse, disait-elle, en lui adressant la parole, tu me répondras de l'insolence et de la lâcheté de tous tes sujets.

Tandis que Rachel se laisse emporter à son dépit, sans cesser de compter sur ses ressources, Fernand Garcias a joint son souverain ;

eh ! quoi, Fernand, lui dit Alphonse, vous étiez parmi ces mutins ? Oui, sire et j'y serais encore, répond le vertueux Castillan, si l'émeute n'était pas appaisée. J'accourais ici ce matin pour vous engager à ne pas vous exposer. Malheureux de n'avoir pas été instruit plus tôt de ce qui devait se passer, je voulais employer le seul instant qui me restât pour vous parler ; Manrique m'a refusé votre audience. Mais rendez-moi justice : pensez-vous que Garcias, estimé de vous, ait voulu souiller ses derniers momens, en se rendant complice dans une émeute populaire contre son souverain ? Cependant parmi ces gens, dont je ne pourrais grossir la troupe sans être criminel à mes yeux, j'ai trouvé ces braves guerriers, protecteurs de votre précieuse enfance, qui versèrent leur sang, prodiguèrent leur vie pour vous arracher des mains des usurpateurs de vos états. J'ai vu les compagnons de vos travaux dans les champs de la Palestine et de l'Egypte, dans les plaines de Toulouse, les défenseurs de vos états ; enfin, ce qu'il y a de plus noble, de plus généreux, de plus vaillant en Castille. Oh ! mon souverain ! serait-il possible que des cœurs brûlans d'un zèle aussi pur pour votre prospérité, pour votre gloire, eussent renoncé à des sentimens plus chers que leur vie, qu'ils ont tant de fois exposée pour vous ? Non, vous ne devez pas le croire, la force de leur attachement pour votre personne est le motif du soulèvement dont vous paraissez avoir à vous plaindre. Tandis que leur activité en impose à peine à l'ennemi sur la frontière, ils se plaignent de n'avoir plus à leur tête ce chef dont la victoire n'abandonna jamais le char. Depuis sept-ans le héros de l'Espagne languit caché aux yeux de ses sujets et de l'univers, entre les bras d'une femme Juive, qui soumet à son avidité et à ses caprices le meilleur souverain, le plus cher à son peuple qui soit dans l'univers. Oh, mon roi! vous briserez vos fers et les siens; vous vous affranchirez de cet humiliant esclavage. J'ai eu l'indiscrétion de leur promettre que vous écarteriez la Juive de vous, et toute l'indigne race des Hébreux, dont vos états son infectés. Si vous n'atribuez pas leur imprudence à leur zèle; si le mien m'a engagé dans une démarche dont vous soyez offensé, j'embrasse vos genoux, et ma tête exposée à votre glaive y va répondre de ma conduite.

Pendant que Fernand de Lara parlait au roi, de petits groupes dispersés çà et là, dans un certain éloignement, observaient tous leurs mouvemens; quand le généreux Castillan se jeta à genoux, tous de concert s'y précipitèrent, en étendant leurs mains vers le monarque. A ce geste aussi puissant qu'unanime, Alphonse se laisse vaincre: Ce qu'on exige de moi, dit-il à Garcias, me coûtera la vie. Mais je ne puis tenir contre le vœu de mon peuple : allez dire à Alvare Fanès que je renvoie Rachel et bannis les Juifs. Je lui ordonne d'expédier l'ordre.

Dans le moment le calme fut rétabli dans Tolède. Alphonse rentre au palais, Rachel venait à sa rencontre : il l'évite. Partez, Rachel, lui dit-il, mon peuple exige que je me sépare de vous.

Où sommes nous ? dit Rachel à Ruben, demeuré seul avec elle ; un peuple veut que je meure, un roi me sacrifie à son peuple par timidité. Qui me vengera de l'insolence du peuple et de la lâcheté du roi ? Suis-je bien Rachel, qui commandait hier à tant de provinces ? Alphonse est-il encore Alphonse ? Et vous Ruben, qui m'avez entraînée dans l'abîme où je suis, ne vous reste-t-il que la terreur de vous y voir plongé avec moi ? Que sont devenus ces cercles si puissants que vous vous vantiez de pouvoir faire ? Faites-en un qui me cache à tout ce qui m'environne, qui me dérobe à moi-même ; et, soit par le ciel, soit par l'enfer, vengez-moi de mes ennemis. Entourez-nous de ces génies qui vinrent m'arracher à l'innocence, quand je vivais à Cordoue, ignorée, pauvre et paisible. Attendez-vous pour opérer, que le glaive fasse tomber de vos mains votre faible baguette ?

Femme emportée ! répond Ruben, il vous sied bien de me reprocher ici mes bienfaits.

Que maudit soit le jour où, pouvant attirer sur toute autre la fortune dont vous avez été comblée par les seules ressources de mon art, mon fatal attachement me décida à vous donner la préférence ! Je fis usage de tout mon pouvoir pour établir solidement votre fortune, et vous l'avez ruinée par votre hauteur et votre insolence. Elles ont révolté un peuple entier, que mon savoir vous avait soumis. Que dis-tu de mon insolence ! monstre d'avarice ! reprit Rachel : ce sont tes odieuses rapines qui l'ont révolté..... Ruben était trop intéressé à se contenir pour se livrer aux mouvemens de colère que lui inspirait ce juste reproche. Rachel, lui dit-il, je vous ai déjà prévenue que, par rapport à mes opérations, j'étais dans un temps d'épreuve. Si je risquais d'en faire une, j'exposerais votre vie et la mienne ; mais si, par quelque cause extraordinaire, le charme que j'ai composé cesse d'agir sur le roi, l'effet n'en peut être que suspendu. Redonnez-lui une nouvelle force ; demandez à voir Alphonse avant votre départ : ce prince ne peut vous refuser cette dernière grâce ; approchez-vous de lui, sans autre démonstration que celle de la douleur. Précipitez-vous à ses pieds, par un mouvement si brusque, qu'il ne puisse vous retenir. Saisissez-le de manière à lui ôter les moyens d'échapper : alors faites que votre portrait le touche, et redoublez la force de l'enchantement par la force de vos larmes. Livrez-vous à tous les mouvemens que vous éprouverez : secondez les siens, et Rachel est encore reine. Mais Manrique vient. Ne laissez pas échapper le moindre reproche ; montrez-vous à lui consternée, mais résignée à tout ce que son maître prétend ordonner de vous.

Manrique venait faire à la Juive un compliment de cour, en lui annonçant l'ordre qui exilait tous les Juifs avec elle. Oh, Manrique! lui dit-elle, si je fus assez heureuse pendant ma fortune, pour vous donner des preuves de mon attachement pour vous ; j'ose, dans l'abaissement où je me trouve, attendre une preuve de votre reconnaissance. Je vois que le repos de votre maître dépend de notre séparation. Le sacrifice en serait résolu dans mon cœur, quand on ne l'exigerait pas : je ne demande qu'une grâce ; j'ose l'attendre de sa bonté, de son humanité. En m'éloignant de lui pour toujours, qu'il me permette de lire dans ses regards, que son cœur n'est point d'accord avec sa politique, et qu'il aimerait encore la malheureuse Rachel, si en l'aimant trop, en étant trop aimée, elle ne fut pas devenue odieuse à ses sujets. Je n'en abuserai pas ; je veux le voir et partir.

Manrique croit pouvoir se charger de ce mésage. Alphonse, toujours esclave de sa malheureuse passion, pense ne devoir pas se refuser à cette courte et dernière entrevue.

Il s'asseyait sur son trône pour en imposer au moins par les alentours de la dignité.

Rachel arrive plus que négligemment vêtue et la chevelure en désordre ; Manrique et Ruben la soutiennent. Les larmes innondent son visage ; mon roi me bannit pour toujours de sa présence, dit-elle, d'un ton de voix douloureux et entrecoupé par les sanglots. Oui, Rachel, répond Alphonse, je vous sépare de moi ; nous avons un peuple entier pour juge : notre amour est un crime à ses yeux. Ah ! que je suis criminelle ! s'écria Rachel, et je mourrai dans mon crime. Oh mon souverain, car vous n'êtes plus Alphonse pour moi ; quand je me croyais heureuse dans les bras du plus grand roi du monde, aurais-je pu présumer qu'une puissance de la terre pourrait m'en arracher un jour, pour me précipiter dans les abîmes de la honte, du désespoir et de la mort ? L'amour avait produit l'enchantement qui m'élevait au faîte du bonheur : il était le Dieu de Rachel quand elle était aimée, on ne l'aime plus : elle aime plus que jamais, il est devenu son tyran....

Vous n'êtes plus aimée, Rachel, s'écrie Alphonse hors de lui-même. Je veux que mes sujets soient juges du sacrifice que je fais à leur repos. Je leur donne plus que ma vie en vous éloignant de moi....

Hélas ! reprend Rachel, Alphonse n'a plus de courage que contre moi ; et il croit obéir à la vertu : il faut le seconder ; adieu , Alphonse... Elle se précipite à ses pieds , les baise et les baigne de ses larmes. Oh ! pieds de mon souverain , je distinguais avec tant de plaisir vos traces ! il ne me sera plus permis de les chercher et de les suivre. Alphonse faisant des efforts pour la relever : chères mains , dit-elle en les saisissant et les couvrant de caresses , on vous a fait signer le sanglant ordre de mon bannissement ; que ce soit le dernier acte de faiblesse qu'on exige de vous ! Relevez-vous de cette honte , en portant le fer et la flamme dans Grenade et dans Cordoue. Adieu , mon souverain mon maître , le plus ingrat de tous les hommes.

On ne saurait peindre l'état où les discours, et sur tout les perfides caresses de la Juive avaient mis Alphonse ; il était entièrement hors de lui-même. Rachel s'est relevée ; elle a fait le mouvement de se retirer ! Arrêtez , lui dit le roi , arrêtez !... que je m'arrête ; dit-elle , qu'on me donne donc des armes. Si ma présence expose ici mon roi , si elle attire sur lui les traits d'une populace mutinée, que je puisse voler au-devant , les repousser et le venger. Adieu , adieu , brave Alphonse , jusqu'ici le modèle des rois , par votre fermeté ; puissent vos sujets oublier ce qu'ils viennent d'obtenir de votre complaisance et imaginer que vous êtes redevenu leur maître !

En disant ces dernières paroles, elle affecte

de vouloir précipiter sa retraite ; Alphonse descend de son trône, court à elle, l'arrête et se jette à ses pieds. Non, lui dit-il, non, divine Rachel ! vous ne me quitterez point. Je resterais, répond la Juive, quand il y va de votre couronne ; peut-être de votre vie, mille fois plus précieuse que la mienne !... Souveraine à jamais de mon cœur, dit Alphonse, rassurez-vous, Fernand de Castro et Alvare Fanés, ont dissipé l'émeute populaire ; les troupes qui devaient faire le siége de Cuença sont cantonnées par mes ordres à six lieues de Tolède, et rien n'est à appréhender ni pour vous ni pour moi. Mais, dit Rachel, qui me rassurera contre les ennemis qui ont osé m'attaquer à face découverte, si vous n'effrayez pas les faiseurs de complots par des exemples ? Mon amour pour vous, dit Alphonse, et la majesté de mon trône seront vos sauve-gardes. Venez vous y asseoir avec moi, et que tout y rampe à vos pieds.

Rachel a l'audace de s'asseoir sur le trône ; on fait ouvrir la porte de la salle, et une foule de gens vendus à la faveur viennent rendre à l'audacieuse Juive leurs hommages intéressés, et le roi se retire pour la laisser jouir de son triomphe.

Pendant que l'imprudent Alphonse retombait dans le précipice dont la sagesse et le zèle du fidèle Fernand Garcias venaient de le retirer, ce vertueux Castillan, enfermé avec

Alvare Fanés, travaillait à consommer par un seul acte le regret du bannissement de Rachel et de tous les Juifs ; l'équité balançait cet ordre de manière que, sans enlever tous les trésors, fruits de ses concussions, cette nation détestée pût sortir de tous les états soumis à la domination d'Alphonse, sans être absolument dénouée des ressources nécessaires pour pouvoir chercher un asile, et sans courir des risques pour la vie.

Sans avoir été prévenus de la révolution qui venait de le rendre inutile, les deux vénérables vieillards vienne pour faire mettre à leur travail la sanction du trône, et c'est Rachel qui l'occupe. A cette vue ils demeurent immobiles. Elle ordonne qu'on leur arrache ces papiers, se les faits remettre, y jette un coup-d'œil rapide, et les déchire. Voilà, dit-elle, le cas qu'on doit faire des ordres surpris par l'audace et la rébellion. Toi, vieux sauvage, dit-elle à Garcias, prononce toi-même l'ordre de ton bannissement de Tolède. Tu ne peux y paraître que sur un échafaud. Toi, dit-elle à Alvare, vil ministre des fantaisies du peuple, après avoir rapporté ici les sceaux, va le prévenir que s'il remue on saura le châtier de son inquiétude : on fera dresser des gibets pour lui en imposer. Préviens la nation qu'Alphonse qui régnait selon leur fantaisie est aujourd'hui roi de Castille ; que tout ce qui est ici se retire hors Ruben et Manrique.

Les deux confidens de la nouvelle souveraine veulent lui inspirer un peu plus de modération, de retenue ; l'engager à déguiser ses ressentimens, à poursuivre ses ennemis d'une manière moins découverte.

Moi, leur dit-elle, que je manie le sceptre d'une main tremblante ! Puisque mon adresse l'a fait tomber entre mes mains, je prétends bien faire rougir le sort de m'en avoir éloignée, et montrer comment on doit gouverner, dans les temps difficiles. Les ménagemens sont la ressource des ames faibles. Si je n'accablais pas, je donnerais à mes ennemis le temps de respirer. Ils m'ont fait craindre... qu'ils tremblent, qu'ils s'imaginent bien que rien ne peut les dérober à ma surveillance. Oh vengeance ! je suis passionnée pour les douceurs que tu promets ! J'en jouirais sous l'éclair de la foudre dont le carreau devrait m'écraser.

Manrique, aveuglement dévoué aux volontés de son maître, Manrique, esclave de la beauté, à demi dénaturé par la séduction d'une longue faveur, n'est point assez corrompu pour ne pas sentir se réveiller en lui des sentimens d'humanité, de justice, fruits trop négligés de son éducation et des exemples dont ses yeux on été frappés dans sa jeunesse. Le noble sang qui coule dans ses veines semble se renouveler en lui : point assez pour l'engager à aller révéler à Alphonse ce qu'il vient d'apercevoir d'odieux dans le caractère de Rachel ; mais suffisamment pour lui faire appréhender d'avance, la suite des faiblesses de son maître pour une aussi dangereuse créature. Il a pénétré depuis long-temps le caractère de Ruben ; et, malgré soi, il est entré en défiance des sublimes connaissances de cet homme. Qu'est-ce qu'une science qui, loin d'élever l'homme qui la possède au-dessus de son espèce, le laisse en proie aux plus viles des passions, dont l'influence avilit et déshonore l'humanité ?

Le jeune Castillan a l'ame flétrie, il croit voir une batterie insurmontable entre l'état où il est et le retour à la vertu. Il craint de voir bientôt Alphonse transformé en tyran, et l'état accablé de malheurs ; et les faits semblent justifier sa prévoyance. Les Juifs viennent de nouveau d'être déchargés, par un édit de tous les impôts dont les Castillans mêmes sont grêvés. On les enhardit : ils abusent, et les châtimens tombent sur ceux qui son vexés. Le murmure, étouffé dans la capitale par la frayeur des supplices, parvient jusqu'aux extrémités des états d'Alphonse, et s'y dérobe dans le sein des cloîtres, à l'espionnage des Hébreux répandus partout.

Rassurée par des émissaires fidèles, mais trompés, Rachel, dupe d'un calme apparent, présume que tout est tranquille, et prémédite, du sein de cette paix imaginaire, d'engager Alphonse à faire une entreprise éclatante contre les Maures de Cordoue : prétendant l'y accompagner, elle fesait préparer de brillans équipages, quand une révolution plus brusque que la première vint l'anéantir avec ses projets.

L'empire que Rachel avait repris sur Alphonse, en un moment, indigna les Castillans contr'elle seule, contre Ruben et le reste de la nation des Juifs. Ils plaignirent d'autant plus leur souverain, assujetti à la force de leurs maléfices, qu'ils le jugèrent plus malheureux ; leur amour pour lui se renforçait par le souvenir de ses vertus passées, en opposition aux faiblesses honteuses dont ils le voyaient la victime.

Sa délivrance fut unanimement pojetée. Les confessionnaux devinrent les premiers moyens de s'entre-communiquer leurs dispositions, et les plus sages d'entre les religieux de tous les ordres, leurs agens.

S'ils prennent le parti de s'absenter de chez eux, un pélerinage entrepris, le dessein de joindre un des différens corps assemblés pour combattre contre les Maures, en sont les motifs apparents. Cependant des magasins d'armes sont entrés dans l'intérieur de Tolède, et y remplacent celles dont la prévoyante Rachel avait fait dépouiller les citadins. Les communautés des différens ordres sont devenues les arsenaux qui les recèlent.

Bientôt Balthasar de Zuniga, Juan de Gusman ; Pedre d'Avallos, tout ce que la Castille a de nobles vertueux, dévoués à la libération du roi et de l'état, entrés dans la ville sous le scapulaire des différents ordres, sont dispersés parmi les religieux dont ils ont pris l'habit, et attendent dans l'ombre des cloîtres le signal qui devait les mettre en mouvement.

Ce signal devait partir du haut de la cathédrale. Une sentinelle cachée dans le clocher observait de là les mouvemens de l'intérieur du palais. Elle a déjà annoncé que la garde est doublée ; la défiante Rachel a fait associer une garde étrangère à celle qui, auparavant, était toute Castillanne. Mais dans le cas où cette nouvelle troupe voudrait disputer l'entrée des portes du palais, on a rassemblé des échelles pour tenter de tous côtés l'escalade.

Pendant que ces préparatifs se font à Tolède, sous les yeux d'Alvare Fanés, caché chez l'archevêque, Fernand Garcias est retiré dans son domaine, où l'attachement de ses vassaux pour sa personne, où la force de ses châteaux le mettent à l'abri des entreprises de la Juive ; il gémit plus que jamais de l'aveuglement de son roi et des malheurs du peuple, et la conspiration se dérobe à ses yeux. On redoute trop ses principes ; cependant de quelque voile que la conspiration se fût environnée, lui, se défiant d'autant plus, qu'au milieu de tant de maux soufferts on paraissait s'être interdit la plainte, ne vit pas plutôt ses voisins les plus considérables s'éloigner de chez eux, sous différents prétextes, qu'il crut devoir leur prêter d'autres motifs. Il était dangereux pour lui d'entrer dans Tolède. Il y pouvait, quand même on ne l'arrêterait pas, succomber sous le fer de quelqu'assassins privilégiés. En marchant de nuit pour n'être pas aperçu, il se détermine à se rapprocher de Tolède, et reste caché à quelque distance, dans la maison de Vaudelos, gentilhomme Bourguignon, jadis serviteur de la reine Urraque mère d'Alphonse. Quoi! c'est vous que je vois ici, noble Fernand, dit Vaudelos, et vous vous y exposez à la vengeance de notre tyranne? Ignorez-vous que votre tête est à prix dans Tolède? Je le sais: répond Garcias; mais un intérêt plus pressant pour moi que celui de ma propre sûreté, me force à la compromettre; il s'agit de celle d'Alphonse, et j'appréhende un soulèvement général, plus dangereux pour lui que la première émeute. Je n'y vois pas d'apparence, répond le Bourguignon. On souffre beaucoup ici; mais on ne murmure pas. Je ne vois pas le moindre mouvement. On se contente de prier en secret pour que notre roi soit enfin désensorcelé. Cher Vaudelos, répond Fernand, la Juive a dans les yeux et sur les lèvres un enchantement vraiment diabolique. Elle a un caractère qui, pour n'être pas magnifique n'en est que plus dangereux. Mais, dit Vaudelos, ce prince que j'eus dans mes bras, tout enfant, qui ne donna jamais que des preuves de bonté, de magnanimité, de justice ; que vous-même avez vu briller de tant de vertus, pourrait-il souffrir, s'il était maître de lui-même, qu'une femme...... Oui, reprit Garcias, si la femme avait su en faire un esclave. Je respecte les préjugés du peuple, parce qu'ils sont favorables à notre roi, dont ils paraissent diminuer la faute ; mais, mon cher Vaudelos, ces préjugés peuvent rendre cruel, et j'ai en horreur toute espèce de cruauté. Si on se borne à des prières, je cesse d'avoir des inquiétudes ; mais ce calme qui vous séduit ne m'en impose pas. Jamais cette nation-ci n'est plus dangereuse qu'alors que, souffrant à l'excès, elle paraît tranquille.

Je suis conduit ici par un simple pressentiment. Vous connaissez la liberté dont nous jouissons au sein de nos montagnes. Cette pépinière de jeunes héros, dont je suis entouré, vassale noblement soumise au trône, n'est pas faite pour respecter, comme elle paraît le faire, en silence, les ordres capricieux et cruels qui en émanent tous les jours. Tout en élevant au ciel les belles actions qui ont honoré la jeunesse d'Alphonse, je les entendais blâmer hautement dans le cours des années qui viennent de s'écouler, l'attachement du roi pour la Juive. Ils se taisent aujourd'hui. Je ne saurais les soupçonner d'un sentiment de crainte. Je les vois occupés de leur vengeance. Elle attentera sur Rachel, irritera le roi, et je crains jusqu'au réveil des vertus dans notre monarque. Sa valeur pourrait lui devenir fatale à lui-même.

Aidez-moi à surveiller ce qui se passe. J'userai de ce qui me reste de considération pour prévenir les violences. Allez à Tolède ; rien ne peut vous rendre suspect à ses habitans : vous avez vos entrées au palais. Promenez-vous dans la ville ; consultez les regards, si les bouches se taisent ; et voyez si vous ne démêlerez ni agitation ni inquiétude. Je vous attendrai tranquillement ici, où je suis à l'abri de toute surprise.

Vaudelos acquiesce à la proposition de Garcias, et part à l'instant pour Tolède. Un billet qu'il venait de recevoir l'engageait à se trouver à une assemblée de congrégation chez les Dominicains. Souvent on lui en adressait de pareils. Il s'agissait pour l'ordinaire, dans les délibérations d'une compagnie de cette nature, de pourvoir aux embellissemens, ou aux réparations d'une chapelle, ou de venir au secours de quelque congréganiste nécessiteux. L'invitation ne réveilla point d'autre idée.

Tandis que Fernand se repose et que Vaudelos est en marche, tout se prépare à Tolède pour l'expédition préméditée. On était prévenu qu'Alphonse devait s'écarter pour prendre le plaisir de la chasse ; c'est le moment qu'on devait saisir pour massacrer Rachel, Ruben et les Hébreux. Dès que le soleil paraît, un premier coup de cloche, parti du clocher de la cathédrale, avertit qu'on prépare les équipages du roi. D'autres clochers répètent ce signal. Bientôt un second signal avertit que le roi monte à cheval. Enfin un troisième et dernier, que lui et sa garde sont absolument hors de la vue.

On était rassemblé dans les églises pour le service divin. Tout-à-coup les portes en sont fermées. Dans chacune d'elle un religieux monte en chaire. Braves Tolédans, dit-il à l'assemblée, aujourd'hui l'assujettissement de votre bon roi Alphonse et le malheur de la Castille vont cesser. La noblesse du royaume s'est rassemblée ici pour vous venger de l'odieuse Rachel, et vous affranchir du joug des Hébreux. Regardez, vous verrez dans le chœur, sous des habits pareils aux nôtres les respectables chefs qui doivent vous commander ; on va vous donner des armes. Tout ce qu'il y a de Chrétiens à Tolède les prennent dans ce moment-ci. Marchez avec assurance ; vous allez combattre, s'il le faut, pour votre roi, votre honneur, votre liberté, votre patrie, et pour Dieu enfin, puisque vous allez détruire les œuvres de l'enfer.

A peine les corps sont en règle, qu'un signal les avertit de se mettre en mouvement.

Les troupes qui doivent s'emparer des avenues de Tolède, sortent des églises les plus voisines de ses portes. Le reste marche vers le palais flegmatiquement et en silence, comme il avait pris les armes.

La première des troupes, sortant de la cathédrale, arrive en un moment aux portes du palais. Déjà les conspirateurs en étaient les maîtres. Une trentaine d'entre les plus déterminés, sous un habit qui n'était point suspect, en avaient surpris et désarmé la garde. Ils s'étaient emparés des armes qui étaient aux faisceaux. Dans tous les cas, la garde castillanne, en voyant à quels ennemis elle avait à faire, eût fait peu de résistance; mais l'étrangère, désarmée et surprise, ne fut pas en état d'en faire. En une demi-heure de temps, douze mille hommes armés environnent l'enceinte du palais, et il ne demeure à Rachel pour toute protection que quelques portes, que des Juives tremblantes ont barricadées sur elles.

Vaudelos a vu le commencement des mouvemens. Il retourne à Fernand au grand galop de sa monture. Fernand part comme un éclair, et vient se précipiter au milieu des bataillons.

Cependant au premier bruit qu'avait occasionné le désarmement de la garde, Rachel entendant parler d'émeute, ordonne à Manrique de faire avertir Alphonse, et d'aller lui-même donner ordre aux troupes cantonnées dans les environs de Tolède de marcher ; Manrique part, comme s'il devait obéir. Elle dit à ses femmes de porter ses effets dans la tour, où elle pensait trouver un asile jusqu'au retour d'Alphonse et des troupes dont elle attendait le secours ; mais quatre de ces religieux, armés de toutes pièces, ayant prévu son dessein, en gardent les portes.

Alors la Juive voit son danger ; elle parcourt le palais, et ne rencontre que des visages effrayés ; hommes, femmes, tout l'évite, tout l'abandonne. Elle est seule. Oh, solitude affreuse ! s'écrie-t-elle, effrayant vestibule de la mort ! j'interprête ton silence ; il me présage la foudre dont je vais être écrasée. Ah ! pût-elle tomber du ciel sur moi, et me dérober à l'ignominie de périr sous les coups de ces odieux Castillans ! En finissant cette apostrophe, elle aperçoit Ruben pâle, tremblant, défiguré. Te voilà, oiseau de fatal augure ! l'impuissance, le crime et l'assassinat sont dans tes horribles regards, la rage effrayée tremble sous tes lèvres. Ne m'approche pas, monstre ; tu es plus affreux que le remords.

Cesse de me provoquer, méchante femme, dit Ruben ; tes forfaits et les miens sont sur moi et m'accablent. Le glaive est sur ma tête, l'enfer est sous mes pieds... Tombes-y, scélérat, abime-toi, dit Rachel ; tu m'es plus odieux que celui qui vient pour me donner la mort.

C'était le vertueux Fernand qui venait à elle pour entreprendre de la dérober à la fureur du peuple. Madame, lui dit-il, le temps presse ; vous n'avez pas de secours à attendre du roi, il ignore votre péril ; tous les passages pour venir à vous sont gardés. Instruit, ce matin, mais trop tard, du soulèvement, je n'ai pu m'y opposer, et les esprits sont trop aigris contre vous pour que je me flatte de les gouverner. Votre mort est jurée, hâtez-vous, suivez-moi ; il est un souterrain qui communique de ce palais au dehors de la ville : on ne s'est point emparé de l'issue, je la connais ; je vous servirai de guide, et sais où vous cacher jusqu'au moment où je puisse vous conduire moi-même en lieu de sûreté : abandonnez-vous à ma foi.

Qu'entends-je ? reprit Rachel, est-ce un piège de plus que l'on me tend, quand les filets de la mort m'environnent ? Veut-on se soustraire au ressentiment d'Alphonse, en me faisant mourir dans des tourmens obscurs au fond d'un souterrain ? O affreuse inimitié, veux-tu m'ôter jusqu'à l'espoir d'être vengée ?.... A quels soupçons vous livrez-vous, madame ? dit Fernand ; celui qui s'éloigna de toutes les grâces de la cour, parce qu'elles venaient de vous, aurait l'ame assez basse !... J'ai tort, reprit Rachel ; c'est ta farouche vertu qui vient ici pour me sauver ; elle m'effraye plus que la mort. Va rejoindre tes complices, si le courage te manque pour couronner ici le crime, il m'en reste assez pour refuser la vie, dès que je dois t'en être redevable. En finissant ces paroles, elle s'éloigne de Fernand, qui demeure consterné de ne pouvoir dérober une femme à la fin désastreuse dont elle est menacée, sauver aux Castillans le crime et la honte d'un assassinat, et d'avoir attenté sur les jours de la favorite de leur monarque.

Rachel, parcourant les salles du palais, comme égarée, parvient à celle du trône. Le scélérat Ruben, couché sur une banquette, la face contre terre, essayait de s'y dérober aux yeux. Des bruits menaçans se faisaient entendre de tous côtés : Meure, meure Rachel, et périssent les Israélites ! criaient des gens qu'on entendait courir à grands pas dans tous les appartemens.

La mort, dit la Juive, est donc inévitable ! rendons-la décente pour moi, et dangereuse pour mes ennemis. Forçons-les à souiller le trône, et que la foudre en parte pour me venger. Après cette apostrophe, elle s'arrange et s'attache sur ce siége, où le crime et l'audace l'avaient faite asseoir pour le malheur des peuples. Elle y demeure immobile ; elle appelle à son secours l'insensibilité. Cependant la foule empressée, qui la cherche pour l'immoler, arrive, précédée par les mêmes cris menaçans. Meure ! meure Rachel ! On l'entoure, et cent poignards s'élèvent ; aucun ne frappe. L'horreur de se baigner dans le sang d'une femme même coupable s'est emparée de tous les Castillans. Alvare Fanés survient, et les surprend dans cette attitude. Les momens lui sont précieux ; il ne veut point que le crime échappe au châtiment devenu nécessaire ; mais il respecte trop ses concitoyens pour le leur commander. Il aperçoit Ruben, couché par terre, rendu immobile par la terreur ; lève-toi, malheureux ! lui dit-il, tu trembles pour ton odieuse vie ; tu as un moyen de la sauver, prends ce poignard, perce le cœur de ton indigne complice, ou dans ce moment je te fais vomir ton ame sacrilège.

Ruben prend le poignard ; l'œil égaré, il s'approche de Rachel ! Ciel ! dit-elle en le voyant venir, ta vengeance est affreuse ; mais elle est juste. Elle dit, et la main forcenée du scélérat lui plonge, à plusieurs reprises, le poignard dans le cœur : elle expire. Elle avait au col ce même portrait qu'Alphonse enleva à Manrique pour le donner au rabbin ; il n'y tenait que par un fil de perles. Le sang sortant avec abondance le souillait ; Alvare veut sauver cette effigie de ce sanglant déluge, et l'arrache. Il rendait, sans le savoir, un important service à son souverain. On doit bientôt en acquérir la preuve.

Fernand de Castro n'ayant pu dérober la Juive à sa destinée, était couru au-devant d'Alphonse, auprès duquel Manrique s'était déjà rendu. Ce prince entre en fureur, en apprenant le danger de Rachel. Il rassemble sa garde, et, emporté par une espèce de rage, abusant de la vigueur de son cheval, il se précipite en avant de sa suite vers Tolède. Seul Fernand peut le suivre. Tout-à-coup celui-ci s'aperçoit que son souverain chancelle; il accourt, et le reçoit dans ses bras, lorsqu'il était prêt à tomber de sa monture; heureusement le cheval s'était arrêté. Une faiblesse soudaine avait saisi le monarque. Le sujet affectionné, ne pouvant lui donner d'autres secours, cherche à lui faciliter le retour de la respiration, en dégageant la poitrine des vêtemens dont elle est couverte. En la mettant à nu, il découvre qu'elle est chargée du portrait de l'odieuse Juive; il l'arrache, et le jette avec dédain dans une mare bourbeuse, formée par l'assemblage des eaux de la pluie.

Qui êtes-vous? dit le prince; est-ce vous par qui je viens d'être soulagé d'un poids insupportable? J'avais sur l'estomac un abominable fardeau; où suis-je? Dans les bras de votre fidèle sujet, Fernand de Castro....... Quoi! c'est vous, mon estimable ami? Mais d'où viens-je? où allais-je? Il me semble que je sors d'un songe. Ne rêvè-je pas encore? Pourquoi sommes-nous seuls ici? Pourquoi suis-je à terre?...

Vous revenez de la chasse, sire; vous avez trop poussé votre cheval, votre cortége n'a pas pu vous suivre. Vous veniez pour rétablir le calme à Tolède; le peuple, attroupé, voulait enlever Rachel de votre palais... Oui, je me le rappelle; Manrique m'était venu dire la même chose et vous aussi. Depuis il m'est arrivé quelque chose de bien extraordinaire, dont il m'est impossible de me rendre compte; mais, poursuivit le monarque en se levant, cet accident ne peut avoir rien d'alarmant. Je me sens bien, et beaucoup mieux que je ne me sois senti depuis long-temps. Remontons à cheval; le trouble qui est dans Tolède me donne de l'inquiétude; je me repens, mon cher Fernand, de n'en avoir pas renvoyé la cause sur votre premier avis. Je veux attendre ici ma garde, précédez-moi; prenez mon anneau, agissez en mon nom. Je ne rentrerai pas dans la ville que Rachel et tous les Juifs n'en soient bannis, et je ratifierai tout ce que vous aurez jugé à propos de faire pour tranquilliser ma nation. Mais si Rachel est morte, sire, dit Garcias? — Mes sujets auront pu vouloir sa mort, mais aucun ne se sera chargé du crime, répond Alphonse; pressez-vous, mon cher Fernand, mon peuple est dans l'agitation, peut-être dans la crainte: je ne respirerai point que la tranquillité ne soit rétablie dans Tolède et dans toutes les dépendances de la Castille.

Quel fut l'étonnement de Garcias, au changement subit qu'il aperçoit dans les dispositions, les sentimens, les affections de son roi! Le vertueux gentilhomme croit y démêler un coup du ciel, il en rend intérieurement grâces, de toute la chaleur de son ame. Muni de l'anneau, il entre dans Tolède, et annonce au peuple, qui l'environne avec inquiétude, les intentions d'Alphonse. Le bruit s'en répand dans tous les quartiers ; on jette au loin les armes, on se précipite en foule pour aller au-devant de lui. Il aperçoit d'une hauteur sur laquelle il s'est arrêté, le clergé couvert de ses ornemens, une foule mêlée de femmes, d'enfans, qui lèvent les mains vers le ciel. Son ame s'émeut à la vue de ce tableau attendrissant : voyez, disait-il à Maurique, cette chère nation, dont une folie inconcevable pour moi-même m'a fait braver les inquiétudes et aigrir les peines pendant sept ans : comment ai-je pu m'oublier à ce point ? Comment, vous qui m'aimez, n'avez-vous pas essayé de m'éclairer ? Comment ne sommes-nous pas, vous et moi, bourrelés de remords ?

Comme ils approchaient du palais, au milieu d'une foule empressée et animée par les transports de la joie la plus vive, Fernand vient au-devant d'Alphonse, lui apprend la mort de Rachel, en désignant la main dont était parti le coup : la terre couvre déjà tout ce qui reste du malheureux objet de sa faiblesse.

Oui, lui répond Alphonse, l'objet a disparu ; la honte des faiblesses me reste.

La Castille, ô mon roi ! dit Alvare Fanés qui se trouvait présent, ne s'en ressouviendra que pour vous plaindre, et bénir Dieu de lui avoir rendu son roi délivré des piéges de l'enfer. Un des moyens employés contre vous a été remis par moi à l'archevêque, il en a fait examiner les caractères, déguisés sous une enveloppe, par un Juif converti, et ce qu'on n'avait fait que soupçonner vient de devenir authentique. Le talisman qui correspondait à celui-là a été plongé par Fernand Garcias dans la fange d'un bourbier infect.

Venez remplir sans trouble, comme sans remords, les nobles fonctions qui vous attendent. Pacifié par votre présence, votre peuple sera heureux de votre seul retour à lui.

Alphonse se ranime au discours d'Alvare ; il est un trait qui l'éclaire snr le commencement, les suites et la fin de sa cruelle aventure ; il lui devient possible de soutenir les regards de son peuple, et de se laisser aller aux témoignages de l'enthousiasme dont il le voit transporté. Cependant il n'est pas entièrement disculpé à ses propres regards ; il se retourne vers Manrique : Je me sens, lui dit-il, rappeler à la vertu avec une joie indicible ; mais je m'en étais écarté par ma faute. Quand vous me parlâtes des merveilles de l'Hébreu, au lieu de me défier de mon ignorance, et de me laisser gouverner ensuite par une vaine curiosité, je devais faire mettre au cachot l'Hébreu qui vous avait séduit. Nous fûmes deux coupables : et dans ma place je le fus plus que vous ; il faut que je vous pardonne, pour que je puisse me faire grâce à moi-même ; quant au scélérat dont nous avons été la dupe, s'il a pu échapper à la mort par le crime, allez le faire précipiter dans un cachot ; il ne faut point qu'il puisse répandre sur la terre de nouveaux poisons.

Vous, mon ami Garcias, dit le roi, en se retournant du côté de Fernand, partez pour Oreïa, portez mes regrets sur ma conduite aux pieds de la vertueuse Ermengère, mon épouse ; qu'elle vienne reprendre à la cour une place dont mes égaremens l'avaient bannie.

Alphonse survécut trente-deux ans à cette malheureuse aventure ; il reprit toute son activité, toutes ses vertus. Devenu le défenseur de l'Espagne contre les attaques intérieures des Maures du continent, et les descentes de ceux qu'y faisaient passer les souverains de l'Afrique, il fut reconnu empereur par tous les rois ses voisins ; et c'est lui qu'on voit désigné dans l'histoire sous le nom d'Alphonse Raymond, empereur des Espagnes.

JULIE

OU

LE MARIAGE CACHÉ.

« Non ; je ne consentirai jamais à marier
» ma fille : je l'aime trop pour vouloir faire
» son malheur. L'état d'une femme n'est
» point heureux : ma Julie ne se mariera pas,
» du moins de mon vivant. » Ainsi raisonnait le vieux comte de Trémence. Consommé dans l'art militaire, il avait mérité par l'importance de ses services le grade de lieutenant-général : il aurait pu même espérer tous les honneurs de la guerre, si son âge et ses blessures ne l'avaient obligé de se retirer. Riche du bien de sa femme, il faisait de ses revenus l'emploi le plus noble et le plus généreux. Il était d'une humeur liante et facile, d'un caractère prévenant et d'un commerce agréable ; mais il tenait à ses opinions, et sa vivacité allait quelquefois jusqu'à l'emportement. Sa colère cependant durait aussi peu

qu'elle était prompte à s'allumer. Possesseur d'une fortune immense, il n'avait qu'une fille : cette fille s'appelait Julie, du nom de sa mère, qui était morte en la mettant au monde. Tout semblait avoir conspiré pour en faire une personne accomplie : elle avait annoncé dès le berceau ce qu'elle serait un jour ; elle sortait à peine des liens de l'âge le plus tendre, que ses attraits naissants fixaient déjà l'admiration de tout le monde, et même excitaient la jalousie de certaines femmes qui prévoyaient le coup qu'ils porteraient à leur réputation. Julie avait en grandissant développé des qualités plus estimables que l'éclat fragile de la beauté. Son caractère la faisait aimer, et son esprit séduisait autant que ses charmes. Tant de perfections réunies consolaient le comte de la perte d'une épouse qu'il regrettait encore ; et dès la naissance de sa fille, il avait formé le projet insensé de régler les mouvemens de son cœur et de ne la marier jamais. Cette façon de penser, toute extraordinaire qu'elle était, n'éloignait pas les soupirans ; mais le comte leur donnait si peu d'espoir, qu'ils se lassaient bientôt d'une vaine poursuite, et ne reparaissaient plus.

Julie cependant touchait à sa dix-huitième année ; mais quoiqu'à cet âge, où les passions naissantes commencent à développer leur germe et à donner de violentes secousses au cœur humain, Julie vivait dans une sécuri parfaite. En vain sa beauté, qui brillait dans tout son éclat, lui attirait une foule d'adorateurs : son cœur tendre et sensible, mais trop délicat pour écouter les insipides fadeurs du premier venu, n'avait encore distingué aucun hommage. Etait-ce en effet à un de nos jeunes évaporés qu'il appartenait de fixer ses regards et d'obtenir son estime ? Le mérite seul pouvait forcer son cœur à se rendre ; mais les avantageux, qui poursuivaient sa conquête, se croyaient dispensés d'en avoir : car l'impudence et la fatuité sont aujourd'hui les seuls moyens de subjuguer les femmes même les plus difficiles. Pour Julie, elle pensait comme au bon vieux temps, et se faisait gloire, en dépit de la mode, de chérir encore le sentiment et les mœurs.

Le printemps ramenait la verdure et les fleurs, le zéphyr caressait mollement les campagnes ranimées, et les beaux jours invitaient à jouir des charmes de la nature. Le comte de Trémence, qu'un procès considérable retenait à Paris contre son gré, profitait de tous les momens dont ses affaires lui permettaient de disposer, pour savourer, aux environs de la capitale, les délices du matin : il allait souvent au bois de Boulogne, où sa fille, qui ne rougissait point de se lever avec l'aurore, l'accompagnait presque toujours. Ils y rencontrèrent un matin le chevalier d'Estival, qui les salua de la meilleure grâce du monde :

il était monté sur un cheval de prix, qu'il maniait avec beaucoup d'adresse ; le comte s'arrêta pour le considérer, et le fit même remarquer à sa fille. Sa bonne mine et la noblesse de son maintien frappèrent Julie : plus elle cherchait à se distraire, et moins elle pouvait y parvenir. L'image du chevalier était toujours présente à son esprit ; elle ne put réprimer le mouvement involontaire qui s'éleva dans son ame, et cédant insensiblement au penchant qui l'entraînait, elle ne fut bientôt plus maîtresse de le dompter. O faible constitution du cœur humain ! il résiste souvent à des efforts réitérés, pour succomber au premier choc.

La beauté de Julie fit le même effet sur d'Estival ; il ne se lassait point de l'admirer, et revint exprès sur ses pas pour jouir encore du plaisir de la voir ; blessé du même trait, il lui rendit les armes et son cœur s'abandonna tout entier à l'amour.

D'Estival descendait d'une maison fort ancienne, mais qui n'était pas, à beaucoup près, aussi riche qu'elle était distinguée. Cadet de famille, il avait été élevé à l'école militaire ; l'éducation qu'il avait reçue secondant ses dispositions naturelles, il avait fait des progrès rapides, et avait mérité par ses talens la protection du ministre. Pourvu d'une compagnie de cavalerie, il s'était distingué par sa bonne conduite et par son assiduité à faire son service. Sans cesser d'être prudent et réservé il avait donné plusieurs fois des preuves non suspectes de bravoure, et s'était concilié même l'estime de ses rivaux. La paix qui régnait alors lui laissait le loisir de passer à Paris une partie de l'année ; son semestre allait expirer, et le retour de la belle saison le rappelait à son régiment où il était sur le point de se rendre lorsqu'il fit la rencontre de Julie.

Ses charmes triomphèrent de son insensibilité ; il en fut tellement épris, que sans affecter de la suivre, il fit en sorte de ne la point perdre de vue. Une tendre inquiétude s'empara de son ame, quand il pensa que sa retraite le priverait peut-être pour jamais du bonheur de la revoir. Enfin la voiture de Julie s'éloigna, et le chevalier se disposait à la suivre, lorsqu'il aperçut son colonel, qui le retint pendant plus d'un quart-d'heure, et fit avorter son projet.

D'Estival ne manque pas de revenir le lendemain au bois de Boulogne ; mais il ne revit Julie que quelques jours après. Ce ne fut pas sans la plus douce émotion qu'il remarqua le trouble de cette belle personne. Julie en effet rougit en l'apercevant, et ses yeux s'animèrent d'un éclat plus vif. Le chevalier, qui ne pouvait s'éloigner d'elle, repassait pour la troisième fois dans l'allée où elle se promenait avec son père, lorsque son cheval mit le pied dans un terrier, s'abattit, l'entraîna dans sa chûte, et se renversa sur lui, quelque effort qu'il pût faire pour le soutenir. Julie qui ne le perdait point de vue jeta un cri en le voyant tomber, et rougit aussitôt de ce mouvement dont elle n'avait pas été maîtresse. Le comte appela sur-le-champ ses domestiques, et porta lui même à d'Estival les secours les plus prompts. On parvint à le débarrasser ; mais le poids de son cheval l'avait blessé dangereusement ; sa jambe était démise, et l'on fut obligé de l'asseoir au pied d'un chêne. Le comte le pria d'accepter sa voiture, et Julie même, qui s'était approchée, le pressa de consentir qu'on le reconduisît. Tout blessé qu'il était, d'Estival ne s'occupait que de son amour : il se rendit d'autant plus volontiers aux instances du comte, qu'il bénissait en lui-même un accident qu'il jugeait devoir être la source de son bonheur.

On fit avancer la voiture : on y plaça d'Estival. Le comte en arrivant à Paris envoya chercher son chirurgien, et ne voulut point le quitter qu'il ne fût pansé ; il revint dans l'après-dîner savoir de ses nouvelles, se chargea de solliciter la prolongation dont il avait besoin pour se rétablir, et l'obtint sans peine.

Ses vœux furent promptement exaucés : le comte n'avait pas manqué, pendant tout le temps qu'il avait été obligé de garder la chambre, de le venir voir tous les jours, et Julie même l'avait accompagné deux fois. Elle n'était point indifférente sur le mérite du chevalier, et l'amitié que son père lui témoignait paraissait d'un favorable augure pour le succès de son amour.

D'Estival fut à peine rétabli de sa chute, qu'il reçut l'ordre de se rendre à son régiment : il crut s'apercevoir que son départ affligeait Julie, et cette découverte lui fit concevoir les espérances les plus flatteuses. Il partit enfin, après avoir promis au comte de lui écrire toutes les semaines, et l'on peut croire qu'il n'y manqua pas.

L'absence ne put qu'augmenter son amour : rêveur et solitaire, il ne songeait qu'à Julie ; il ne s'occupait que des moyens de lui faire connaître l'état de son cœur, de pouvoir lire dans son ame, et de vaincre le préjugé de son père. Il avait fidèlement exécuté la promesse qu'il avait faite au comte : ce dernier charmé de plus en plus de son esprit ne voulut point qu'il prît d'autre maison que la sienne, et d'Estival ne put se défendre, à son retour, d'occuper l'appartement qu'il avait fait préparer pour le recevoir. Son bonheur était si grand, qu'il avait peine à le comprendre ; il croyait être bercé par un songe agréable : et en effet, il allait habiter sous le même toît que Julie ; il allait jouir de l'avantage de la voir à chaque instant du jour, de pouvoir saisir les moindres occasions de lui plaire, et d'épier le moment favorable de se déclarer. Quelle situation délicieuse pour un amant sensible et tendre! D'Estival en sentait tout le prix. L'amitié que le comte lui témoignait entretenait son espoir; il ne négligea rien pour s'en rendre digne, et parvint en peu de temps à obtenir sa confiance et celle de sa sœur.

Le temps n'avait point affaibli l'amour de Julie; le chevalier lui devenait de jour en jour plus cher; et ce fut avec la plus douce satisfaction qu'elle s'aperçut de l'ascendant qu'il prenait sur l'esprit de son père. D'Estival ne s'était point encore déclaré; mais elle avait surpris plusieurs fois ses regards attachés sur les siens, et ses soupirs étaient parvenus jusqu'à son cœur: le chevalier avait fait la même découverte: il n'attendait qu'une occasion pour donner de l'essor à sa flamme; elle ne tarda point à se présenter.

La beauté de l'automne engagea le comte à passer quelques jours à la campagne: il mit d'Estival de la partie; Julie entra comme il faisait l'éloge de la vie champêtre et des plaisirs purs qu'on goûte dans la jouissance des dernières faveurs du soleil. Elle applaudit ainsi que son père; on lui fit part des arrangemens projetés, et le chevalier lut dans ses yeux qu'ils étaient bien éloignés de lui déplaire.

Il y avait déjà plusieurs jours qu'il habitait le château du comte, et il ne lui avait pas encore été possible d'entretenir l'objet de sa tendresse. Il commençait à désespérer de pouvoir rejoindre Julie, lorsqu'il l'aperçut un matin sous un berceau charmant, où le myrte et le jasmin répandaient l'odeur la plus agréable; elle s'amusait à lire en attendant son père qui répondait à quelques lettres pressées. D'Estival feignit de ne la point voir; il s'avança près du berceau, et se jeta nonchalamment sur un banc de gazon, où la tête appuyée contre un tilleul, il semblait absorbé dans la rêverie la plus profonde. Julie, qui n'osait point l'appeler, ne fit pas semblant de s'apercevoir qu'il était près d'elle et laissa tomber son livre. A ce bruit le chevalier se retourne, et joue la surprise à merveille : il s'approche, en lui demandant excuse d'avoir troublé sa solitude, et veut se retirer; mais Julie s'y oppose et l'invite à s'asseoir. Leur entretien roula d'abord sur les malheurs du comte de Comminges, dont Julie venait de lire les mémoires; le chevalier peignit la situation de cet amant infortuné avec tant d'énergie, qu'ils ne purent s'empêcher de verser des larmes. Il amena insensiblement la conversation sur le bonheur que goûtent deux amans, dont les vœux ne sont point traversés, et qui peuvent prolonger à leur gré ces entretiens charmans où le sentiment tient lieu d'esprit : il hasarda enfin l'aveu de sa tendresse, et se jetant aux genoux de Julie, pour lui demander pardon de sa témérité, il la conjura de ne point rejeter son hommage. L'amour est éloquent, et d'Estival exprima sa passion d'une manière si touchante, qu'il ébranla Julie : elle avait pénétré depuis long-temps le secret de son cœur, et ne fut point étonnée d'une déclaration qui la mettait au comble de ses vœux. Elle dissimula cependant la joie qu'elle ressentit, et reçut l'aveu du chevalier avec toute la retenue qui doit être le partage de son sexe ; mais il devint si pressant, et il plaida si bien sa cause, qu'il obtint d'abord la permission de cultiver son amitié et bientôt après l'assurance de son bonheur.

Ils étaient à peine remis du trouble où cet aveu réciproque les avait jetés, quand le comte les rejoignit ; ils rentrèrent pour déjeuner. Leurs yeux, dès ce moment, furent d'intelligence, et leurs cœurs devinrent le temple de l'amour. Il ne manquait au chevalier, pour être heureux, que l'agrément du comte ; mais il paraissait entêté plus que jamais dans son opinion. Cependant l'espoir de vaincre sa résistance le soutenait ; il cherchait avec empressement les moindres occasions de s'insinuer dans son esprit, et mettait tout en œuvre pour plaire à sa sœur, sur le crédit de laquelle il comptait entièrement.

Madame Dulys (c'était ainsi que se nommait la tante de Julie) avait une si grande amitié pour sa nièce, qu'elle déférait aveuglément à ses moindres désirs, déférence cependant dont elle n'avait jamais abusé. Elle ne tarda point à l'instruire de l'amour du chevalier, et la pria de sonder les intentions de son père, et de travailler à lever les obstacles qu'il opposerait à son mariage. Madame Dulys ne désirait que le bonheur de sa nièce, elle avait étudié le caractère de d'Estival, et ne doutait point qu'il ne lui convînt ; mais elle connaissait l'entêtement de son frère, et lui conseilla d'attendre que le mérite du chevalier l'eût entièrement captivé : elle lui recommanda même de renfermer avec soin son amour ; mais elle lui promit en même temps de ne négliger aucune occasion de préparer par degrés l'esprit du comte à recevoir quelques ouvertures sur cette alliance.

Le temps s'écoulait cependant ; d'Estival et Julie étaient embrasés de tous les feux de l'amour, sans oser concevoir la plus légère espérance. La mort du comte paraissait seule pouvoir autoriser leur union. Cette pensée altérait le bonheur dont ils auraient pu jouir : et leur situation devenait tous les jours d'autant plus cruelle, qu'ils étaient obligés de dévorer leurs chagrins et de cacher leurs larmes. Madame Dulys était profondement affectée de leur état et pleurait avec eux ; elle ne tint point à leurs instances ; elle promit de les unir à quel prix que ce fût, et ne s'occupa que des moyens d'exécuter sa promesse. Vers le même temps, son frère eut avec elle une dispute assez vive, mais qui l'indisposa d'autant mieux qu'il avait tort et qu'il ménagea peu son amour-propre. Elle résolut de s'en venger, et conçut le dessein d'unir les deux amans en dépit de lui-même. Ce projet n'était pas d'une exécution facile ; mais les difficultés ne lui donnèrent que plus d'ardeur. Il ne lui manquait, pour couronner son entreprise, que le consentement de son frère : elle se hasarda de lui en surprendre un, et le succès justifia sa témérité. Peu de temps après, il fit un voyage de quelques jours dans une de ses terres où sa présence était nécessaire : il engagea le chevalier à l'accompagner ; mais celui-ci s'en défendit sous prétexte de solliciter à la cour l'agrément d'une charge qu'il avait en vue. Madame Dulys se promit bien de ne pas manquer une occasion si favorable : Julie restant seule avec elle, et, son père parti, rien ne s'opposant plus à son bonheur, elle épousa d'Estival, sans le moindre obstacle, et fut unie pour jamais à son sort.

Ce mariage se fit assez secrètement, pour que personne ne s'en doutât : rien ne transpira, et le comte, à son retour, vécut avec le chevalier comme à son ordinaire. Il s'occupa de son avancement, et lui prêta même les fonds nécessaires pour acheter une charge, qui, en le mettant à portée de faire un chemin plus rapide, ne l'obligeait pas de s'éloigner de Paris. Tout paraissait se réunir pour assurer la félicité des deux époux. Une porte pratiquée secrètement, et qui n'était connue que du chevalier, lui donnait la facicité d'entrer, sans être vu, dans l'appartement de madame Dulys, qui communiquait à celui de son épouse. Le mystère prêtait de nouveaux charmes à la situation, et semblait ajouter encore au prix de sa conquête.

Madame Dulys jouissait, en contemplant son ouvrage, et cherchait néanmoins à prévenir le comte sur l'hymen de se fille. Elle crut, un jour qu'il était de bonne humeur, pouvoir hasarder quelques mots à cet égard; mais à la plus légère atteinte qu'elle voulut lui porter, elle le trouva si peu disposé à l'écouter, que son courage l'abandonna, et qu'elle n'osa plus ouvrir la bouche, dans la crainte d'attirer sur d'Estival un orage qu'il ne lui aurait pas été facile de détourner.

Il se présentait cependant tous les jours de nouveaux partis pour Julie; mais son père n'en agréait aucun, et ses refus assuraient la tranquillité des deux époux. Au comble de leurs vœux, ils désiraient encore, et le remords déchirant altérait la félicité dont ils auraient pu jouir. Toutes les marques d'amitié, que le comte ne cessait de leur prodiguer, étaient autant de coups pour leur ame agitée;

ils se reprochaient souvent la démarche dans laquelle ils s'étaient engagés inconsidérément, et ne pouvaient s'accoutumer à l'idée d'avoir abusé de la confiance d'un père aussi tendre.

Il y avait déjà six mois qu'ils étaient mariés, et Julie portait dans son sein le fruit de la tendresse de son époux : elle se hâta d'en instruire madame Dulys ; cet incident lui causa les plus vives alarmes ; mais la crainte qu'elle avait de son frère, dont elle redoutait les transports, lui fit prendre la résolution de lui cacher, avec plus de soin que jamais, l'état de sa fille, espérant toujours qu'elle trouverait quelque moyen qui pût la tirer d'embarras. Cependant le temps avançait, et son inquiétude était au comble, quand le hasard vint à son secours. Le feu du ciel tomba sur l'aile d'un château, où le comte avait, à grands frais, rassemblé les raretés les plus curieuses, et qu'il aimait de préférence à tout ; il voulut présider lui-même aux réparations, et, laissant sa fille à Paris, il partit avec le chevalier, qui se promit bien de ne pas tarder de revenir.

Tout succédait au gré de madame Dulys, et le retour du comte, qui paraissait éloigné, lui laissait l'espérance de pouvoir différer encore l'aveu qu'elle avait à lui faire, mais au moment où Julie ressentait les premières douleurs de l'enfantement, le valet-de-chambre de son père arriva : il apprit à madame

Dulys que son maître, qui le suivait de près, ne tarderait point à paraître. Ce contre-temps fatal dérangeait toutes ses opérations; elle ne perdit cependant point la tête, se remit promptement du trouble où cette nouvelle inattendue l'avait jetée, et conserva tout le sang-froid dont elle avait besoin. Le temps était précieux : elle fit venir une femme de confiance, qui n'ignorait rien de ce qui s'était passé, et lui recommanda de dire au comte qu'elle était sortie avec sa nièce, pour ne rentrer que fort tard. Elle fit en même temps passer Julie dans un appartement que d'Estival avait loué à cet effet dans une maison contiguë à l'hôtel de Trémence, et qui communiquait au sien par une porte pratiquée avec tant d'art qu'il était impossible de la découvrir. Elle ne doutait pas que son frère ne sortît dans l'après-dîner, et son dessein était de profiter de son absence pour ramener Julie dans sa chambre à coucher, et feindre ensuite une incommodité qui l'obligeât de garder le lit.

Madame Dulys avait eu soin de lui cacher l'arrivée de son père, et Julie en effet ignora son retour. Ses vœux furent bientôt comblés par la naissance d'un fils : il serait difficile d'exprimer les transports du chevalier et la joie plus paisible de son épouse ; mais leur ivresse ne dura qu'un instant, et la situation dans laquelle ils se trouvèrent, lorsqu'il fallut se séparer de l'objet de leur tendresse, aurait arraché des larmes au plus insensible.

Qu'on se peigne une femme d'une beauté touchante, sur le visage de laquelle paraissaient encore les traces des douleurs qu'elle vient de ressentir, voulant retenir d'une main affaiblie le gage de son amour, qu'un père nourricier va ravir à ses caresses, et de l'autre serrant, avec toute l'énergie de la tendresse maternelle, celle de son époux renversé sur une table qui les sépare : « Va, s'écria la sensible » Julie à son fils qu'on arrachait de ses bras, » charmant ouvrage de l'amour ! la nécessité » t'éloigne ; puisse un sort plus heureux te » ramener bientôt ! »

Cependant le comte arrive : surpris de ne point trouver sa fille, il la fait demander. Il s'adresse à la femme-de-chambre de madame Dulys ; l'embarras qu'elle témoigne, l'ambiguité de ses réponses, la pâleur et le rouge enfin qui se manifestèrent tour-à-tour sur son visage, firent naître mille soupçons dans son ame ; il entra dans une colère épouvantable, et menaça même de la tuer, si elle ne lui disait la vérité. Cette bonne femme en conçut tant de frayeur, qu'elle avoua tout, et lui montra la porte, dont elle avait connaissance. Il y courut dans un transport inexprimable, et se mit en devoir de l'enfoncer. Sa présence inattendue aurait pu donner le coup de la mort à l'infortunée Julie, si madame Dulys n'eût volé à sa rencontre, pour l'empêcher de paraître, et tâcher de le ramener à des sentimens plus doux. Elle s'arma de courage, et soutint le choc avec fermeté. Toujours plein de son juste ressentiment, il la reçut fort mal, et ne voulait adhérer absolument à rien; mais la vue de son petit fils, que sa sœur fit apporter au même instant, et qui jeta quelques cris plaintifs, comme pour lui reprocher son insensibilité, désarma tout-à-coup sa colère. Il l'embrassa tendrement, et courut dans les bras de sa fille qu'il baigna de ses larmes. Il lui pardonna son imprudence, lui rendit son amitié, et lui donna sa bénédiction, ainsi qu'à d'Estival dont il ratifia le mariage.

AVENTURE

D'UN

PÉLERIN.

Un roi de Naples, qui s'appelait Roger, étant à la chasse, s'écarta de sa suite et s'égara dans une forêt. Il y fit rencontre d'un pélerin, homme d'assez bonne mine, qui, ne le connaissant point pour ce qu'il était, l'aborde avec liberté, et lui demande le chemin de Naples.

Compagnon, lui répond le roi, il faut que vous veniez de loin ; car vous avez le pied bien poudreux.

Il n'est cependant pas, répondit le pélerin, couvert de toute la poussière qu'il a fait voler.

Vous avez dû voir, poursuivit Roger, et apprendre bien des choses dans vos voyages ?

J'ai vu, repartit le pélerin, beaucoup de gens qui s'inquiétaient de peu. J'ai appris à ne me pas rebuter d'un premier refus. Je vous prie donc encore de vouloir m'enseigner la route qu'il faut que je prenne ; car la nuit vient, et je dois penser à mon gîte.

Connaissez-vous quelqu'un à Naples : demanda le roi ? — Non, répondit le pélerin. — Vous n'êtes donc pas sûr, poursuivit le roi, d'y être bien reçu ? — Au moins suis-je sûr, dit le pélerin, de pardonner le mauvais accueil à ceux qui me l'auront fait sans me connaître ; mais la nuit vient ; où est le chemin de Naples ?

Si je suis égaré comme vous, dit Roger, comment pourrai-je vous l'indiquer ? Le mieux est que nous le cherchions de compagnie.

Cela serait à merveille, dit le pélerin, si vous n'étiez pas à cheval ; mais je retarderais trop votre marche, ou vous presseriez trop la mienne.

Vous avez raison, dit Roger, il faut que tout soit égal entre nous, puisque nous courons même fortune. Sur ce propos il descend de cheval, et le voilà côte à côte avec le pélerin. Devineriez-vous avec qui vous êtes, dit-il à son compagnon ?

A-peu-près, répondit celui-ci ; je vois bien que je suis avec un homme : voilà tout.

Mais, insista Roger, pensez-vous être en sûreté dans ma compagnie ?

J'attends tout des honnêtes gens, reprit le pélerin, et suis sans appréhension des voleurs.

Croirez-vous, ajouta Roger, que vous êtes avec le roi de Naples ?

J'en ai de la joie, reprit le pélerin, je ne crains pas les rois ; ce ne sont pas eux qui nous font du mal ; mais puisque vous l'êtes, je vous félicite de m'avoir rencontré. Je suis peut-être le premier homme qui se soit montré devant vous à visage découvert.

Eh bien, dit le roi, il ne faut pas que je sois le seul qui tire avantage de notre entrevue ; suivez-moi, je ferai quelque chose pour votre fortune.

Elle est faite, sire, répondit le pélerin : je la porte avec moi. J'ai là, dit-il, en montrant son bourdon et sa besace, deux bons amis qui ne me laisseront manquer de rien. Je souhaite que vous trouviez dans la possession de votre couronne toute la satisfaction que je goûte avec eux.

Vous êtes donc heureux, dit Roger ? — Si l'homme peut l'être, répondit le Pélerin : en tous cas, j'ai fait un vœu, c'est de m'aller pendre si j'en trouve un plus heureux que moi.

Mais, dit le roi, comment se peut-il que vous viviez content de votre sort, ayant besoin de tout le monde ?

Serais-je plus heureux, dit le pélerin, si tout le monde avait besoin de moi ?

Allez vous pendre, reprit Roger ; car je pense être plus heureux que vous.

Si ce mal devait m'arriver, répliqua le pélerin, je croirais que quelque faquin plus désœuvré que moi dût me porter le coup. Je ne l'attendais pas de la part dont il me vient, mais comme le pas est dur à franchir, je pense qu'avant tout, il serait bon que nous comptassions ensemble.

Cela sera bientôt fait, dit Roger. J'ai en abondance les commodités de la vie. Quand je voyage, je le fais à mon aise, comme vous le pouvez voir ; car je suis bien monté, et j'ai dans mes écuries trois cents chevaux qui valent au moins celui-ci ; retournai-je à Naples, je suis sûr d'être parfaitement reçu.

Je ne ferai qu'une question, dit le pélerin. Jouissez-vous de tous ces biens avec une sorte de vivacité ? Seriez-vous sans affaires, sans ambition, sans inquiétude.

Vous en demandez trop, pélerin, reprit Roger. — Votre majesté me pardonnera, dit le pélerin : mais comme l'affaire doit avoir des suites très-sérieuses pour moi, je dois tout faire entrer en ligne de compte. Voici le mien.

J'ai fait un honnête exercice. J'ai grand appetit et souperai fort bien de tout ce qui se trouvera : ensuite je dormirai d'un très-bon sommeil jusqu'au matin. Je me lèverai frais et dispos, j'irai partout où me porteront la curiosité, la dévotion ou la fantaisie. Après-demain, si Naples m'ennuie, le reste du monde est à moi. Convenez, sire, que si je perds contre vous, je perds à beau jeu.

Pélerin, dit le monarque, je m'aperçois

que vous n'êtes pas las de vivre, et vous avez raison. Je me tiens pour vaincu; mais pour prix de l'aveu que je fais, j'exige que vous soyez mon hôte pendant le séjour que vous ferez à Naples.

Je m'en garderai bien, Sire, répliqua le pélerin, non que je me croie indigne de l'honneur que vous voulez me faire : vous nous exposeriez tous deux aux discours malins de vos courtisans. Pendant qu'ils applaudiraient, en apparence, à votre charité, qu'ils affecteraient de me faire un accueil obligeant, ou demanderait tout bas où vous avez ramassé cet étranger, ce vagabond; ce que vous en prétendez faire; quels talens, quel mérite vous lui supposez. On vous taxerait de trop de confiance, de légèreté, même de quelque chose de pis.

Et où le pélerin, repartit Roger, a-t-il appris à connaître la Cour? — Je suis né, repartit le pélerin, commensal d'un palais, et quoique je pusse y vivre fort à mon aise, je me lassai bientôt d'y entendre parler fort mal d'un très-bon maître, qu'on ne cessait de flatter en public; de voir qu'on ne cherchait qu'à le tromper, et de vivre enfin avec des gens qui n'avaient rien de haut que l'extérieur : je m'éloignai bien vite pour aller chercher ailleurs du naturel, des sentimens, de la franchise, de la liberté. Depuis ce temps, je cours le monde.

Et vous pensez, dit le monarque, que toutes les cours se ressemblent ?

C'est, reprit le pélerin, le même esprit qui les gouverne.

Vous avez donc, poursuivit le roi, bien mauvaise opinion des gens qui nous approchent ?.....

Vous seriez de mon avis, sire, s'ils se montraient à vous au naturel. Mais ils sont sur leurs gardes à cet égard, et auraient de belles craintes, s'ils pensaient que vous pussiez lire dans leur ame. Je veux, à ce sujet, vous fournir un moyen de vous divertir à leurs dépens. Ce moyen n'est pas bien étrange, et ne demande qu'un peu de mystère. Là-dessus le pélerin développe son projet. Cependant le bruit des cors et des chiens annonçant que les équipages de Roger allaient bientôt le rejoindre, l'étranger se sépare de lui pour n'être pas aperçu, tandis que le prince monte à cheval et pique des deux pour aller au-devant de la chasse. Le lendemain le pélerin se présente devant le monarque avec un placet ; le roi reçoit le placet sans affectation, et comme s'il eût méconnu l'homme, témoigne d'abord quelque surprise ; puis ordonne que l'on amène cet étranger au palais, lui donne une audience de deux heures dans son cabinet, et sort de cette audience d'un air rêveur, embarrassé, capable d'intriguer tous les spéculatifs de la cour.

Les gens qui n'étaient là que pour le cortége, ou pour grossir la foule, n'osaient témoigner leur curiosité ; mais le ministre, la maîtresse, le favori, ceux enfin qui avaient part à la confiance, hasardèrent bientôt des questions.

Cet homme, dit le prince à son ministre, qui lui en parla le premier, est bien extraordinaire, et possède des secrets surnaturels. Il m'a dit et m'a fait voir des choses étranges. Voyez le présent qu'il m'a fait. Ce miroir, qui semble très-commun, représente d'abord les objets au naturel ; mais par le secours de deux mots Chaldéens l'homme qui s'y regarde s'y voit tel qu'il aurait fantaisie d'être. En un mot, ces souhaits, ces imaginations, ces rêves que les passions nous font faire en veillant, viennent s'y réaliser. J'en ai fait l'expérience, et croiriez-vous que je me suis vu sur le trône de Constantinople, ayant mes rivaux pour courtisans, et mes ennemis à mes pieds ? Mais le récit ne donne qu'une idée imparfaite de la chose ; il faut que vous la voyiez vous-même, et vous ne pourrez revenir de votre surprise.

Dispensez m'en, sire, reprit le ministre d'un ton froid et grave, qui déguisait assez bien son embarras. Ce pélerin ne peut être qu'un dangereux magicien ; je regarde son miroir comme une invention diabolique, et les paroles qu'on a enseignées à votre majesté sont sûrement sacriléges. Je m'étonne que pieuse comme elle est, elle n'ait pas conçu d'horreur pour une aussi damnable invention.

Roger ne crut pas devoir insister d'avantage auprès de son ministre, et essaya de présenter le miroir à la maîtresse et au favori. La première feignit de s'évanouir de frayeur; l'autre répondit : ayant les bonnes grâces de votre majesté, je suis tel que je désire être et ne veux rien voir au delà.

Roger tenta vainement de faire ailleurs l'essai de son miroir ; il éprouva partout les mêmes refus. Les consciences s'étaient révoltées ; il faut, disait-on, brûler le pélerin et son miroir.

Le roi voyant que la chose prenait un tour assez sérieux pour qu'on lui en fît parler par des personnes autorisées, fit appeler le pélerin à son audience publique. Vous n'êtes pas sorcier, lui dit-il, pélerin ; mais vous connaissez le monde. Vous aviez parié que je ne trouverais personne à ma cour qui voulût se montrer à moi tel qu'il est, et vous avez gagné votre gageure. Reprenez votre miroir : vous l'aviez acheté dans une boutique de Naples, et il nous a très-bien servi pour les deux carolus qu'il vous a coûtés.

LA VISION.

Deux seigneurs d'Abercouch, ville de l'Iraque Persienne, avaient cimenté, dès le berceau, la plus intime union. L'un se nommait Naboul et l'autre Talmuch. Puissans, jeunes et volages, ils répandaient avec profusion les immenses richesses qu'ils devaient aux longs travaux de leurs aïeux ; mais ni l'orphelin, ni l'honnête indigent ne ressentaient rien de leurs largesses ; ils sacrifiaient tout à leur frivolité et aux agens de leurs plaisirs. Ils habitaient sous des lambris de jaspe et de porphyre, et une foule d'esclaves rampait à leurs pieds. Ils s'amusaient à dompter des chevaux, à dépeupler les forêts, et à séduire toutes les jolies femmes d'Abercouch.

Talmuch avait une superbe maison de campagne, dans le terroir d'Istekhar, où ils entretenaient, à grands frais, les plus belles filles de la Circassie. C'est là qu'ils allaient quelquefois goûter les délices de l'amitié et s'enivrer des jouissances de l'amour. Quoiqu'ils donnassent dans tous les travers, ils n'étaient pas nés méchans. Ils aimaient quelquefois à se trouver ensemble, et à réfléchir sur les scènes de la vie. La Perse abordait alors en athées, en détracteurs d'Omar et de Mahomet. Ils avaient lu ces philosophes modernes, et c'est ce qui les avait perdus. Ils parlaient de la durée humaine, du néant, de l'immortalité : ils voulaient définir l'homme, rapprocher les différens systèmes, concilier les choses inconciliables, et trouver du jour où il n'y en avait pas.

Un soir ils donnèrent un magnifique festin, auquel ils admirent toutes leurs femmes. Les mets les plus délicieux, les vins les plus exquis de la fertile Idumée, pétillant dans des coupes d'or, une voix enchanteresse, accompagnée des sons d'une harpe harmonieuse, invitaient à l'oubli de la raison et au mépris de Mahomet. Nos deux jeunes gens s'abandonnèrent d'abord à tous les plaisirs qui leur étaient offerts : mais bientôt livrés au dégoût et fatigués d'une jouissance trop facile, ils éloignèrent leurs femmes, et cherchèrent dans leurs entretiens une jouissance plus réelle ; ils s'engagèrent dans de nouvelles dissertations, épuisèrent tous les raisonnemens rebattus depuis dix siècles, et finirent par se perdre dans un chaos d'idées désespérantes.

» Mon ami, dit Naboul, nous ne voyons » rien, parce que nous voulons trop voir. La » raison est comme un flambeau, plus on » l'agite, plus vite il s'éteint ; l'instant qui

» suit le moment où je parle est derrière un » nuage : nous connaissons à peine le pré» sent, et nous voulons pénétrer l'avenir. » Ne nous occupons plus de chimères qui » troublent notre repos et égarent notre » esprit dans une espace sans bornes. Lais» sons-là les philosophes et leurs vains sys» tèmes. Des fourmis éparses dans un chemin » n'empêchent point le voyageur de pour» suivre sa route, et nous ferions attention » à des insectes bourdonnants qui viennent » étourdir nos oreilles ; que celui-ci nous » fasse des dieux, que celui-là nous ravale à » la condition des bêtes ; que Mahomet dé» fende ou permet e l'usage du vin ; que son » alcoran, ses belles houris, que tout cela » soit des fables ou des vérités, peu nous » importe : buvons, jouissons, suivons nos » penchans, et moquons-nous de ceux qui » veulent semer d'épines le sentier de fleurs » que nous a tracé la Nature : seulement, » promettons-nous, s'il est vrai que l'ame » survive au corps, que le premier de nous » deux qui sera mort viendra avertir l'autre » de ce qui se passe en l'autre monde. »

Talmuch y consentit, et ils firent le serment mutuel d'accomplir ce qu'avait dit Naboul.

Le jour les surprit dans leur long entretien ; ils montèrent à cheval, et revinrent à Abercouch, où ils continuèrent leur vie licencieuse. Tout le monde les détestait ; les riches étaient choqués de leur faste, qui les effaçait tous. Les dévots gémissaient dans le silence, et faisaient des vœux au ciel pour leur conversion ; les maris jaloux battaient leurs femmes, et en voulaient à leurs jours. Naboul eut une mauvaise affaire, qui le contraignit de partir : il fit un long voyage. Talmuch attendait toujours de ses nouvelles : un lustre s'écoula sans qu'il entendît parler de lui.

Accablé de chagrin depuis son départ, il vivait seul à sa maison de campagne, et cherchait en vain, dans les bras de ses femmes, une consolation qui fuyait son cœur : il allait souvent, la nuit, rêver à son ami sous des ombrages écartés. Là, livré à lui-même, il pleurait son absence et demandait son retour au Prophète. Quelquefois il errait dans ses appartemens déserts, et sans cesse le ciel était fatigué de ses plaintes.

Une nuit il se leva pour aller, suivant sa coutume, confier sa douleur aux platanes de son jardin ; il entra dans un parterre émaillé, et fut s'asseoir sous un dais de verdure, qui était leur rendez-vous ordinaire, et qui avait plus d'une fois servi de théâtre à leurs vives conversations ; il se rappela les délices dont l'amitié avait rempli son cœur, et ce souvenir fit couler ses larmes.

Pendant qu'il se livrait à mille pensées

accablantes, son ami lui apparut ; mais qu'il était changé ! Ce n'était plus ce Naboul si beau, si aimable, en qui brillait la fleur de la jeunesse : il était pâle et défait ; des traces sanglantes cicatrisaient ses joues, qui bientôt n'offrirent plus qu'une forme ténébreuse. Talmuch jette un cri, va pour sauter à son cou ; mais ses mains n'embrassent que des ténèbres. « Cesse de poursuivre une ombre, lui dit » Naboul. L'astre de mes années vient de » s'éteindre au midi de son cours. Je suis le » premier sorti du séjour des vivans : je viens » tenir ce que je t'ai promis : tes jours sont » comptés ; attache un prix à l'existence, et » commence de bien vivre ; fais bien, et tu » trouveras bien : voilà tout ce qu'il m'est per- » mis de te dire. Demain dès que le vent du » matin agitera la tête chevelue des arbres, tu » prendras ta route à pied vers le désert qui » sépare Alep de Basra : c'est là que tu trou- » veras mon corps étendu sans vie : donne- » lui la sépulture, et tu recevras la récom- » pense de ton bienfait. Adieu. »

Il disparut à ces mots. Talmuch se prosterne ; il embrasse la terre, et baigne son front dans la rosée qui humecte le sommet des fleurs. « Naboul ne vit plus, s'écrie-t-il ; » j'accomplirai ses dernières paroles, j'inhumerai son corps, et je mourrai sur sa » sépulture..... »

L'aurore vint dissiper les ombres : il s'achemina vers le désert, suivi d'un seul esclave, et y arriva vers la fin du jour. Les chaleurs étaient excessives : la terre exhalait des vapeurs brûlantes, et l'affreuse réverbération des flammes réfléchies de dessus les monts contre les nues jetait une lueur obscure sur le sentier aride où se portaient ses pas : déjà il avait parcouru presque tout le désert : accablé de douleur et de fatigues, il se reposa auprès d'une de ces chûtes d'eau que la nature se plaît à former dans les montagnes, et dont l'art ne donne jamais que des copies imparfaites. Non loin de là étaient les ruines de l'ancienne Palmyre, où l'on voyait encore les affligeantes traces de la cruauté de ses vainqueurs, et où les Arabes, dans leurs courses dangereuses, dressent aujourd'hui leurs tentes entre les colonnes de marbre qui ornaient autrefois des arcs de triomphe : il s'arrêta un moment à considérer ces orgueilleux débris ; puis ses yeux se portèrent de tous côtés pour voir s'ils ne découvriraient point ce qu'il tremblait de rencontrer ; mais il n'aperçut rien : il commença à regarder comme un songe ce qu'il avait vu, et l'espérance revint au fond de son cœur.

Un pasteur creusait la terre à quelque distance de ce lieu. Talmuch l'aborde. « A quoi » t'occupes-tu ; lui dit-il ? Je remplis le de- » voir de l'humanité, je creuse un tombeau » pour ce malheureux que tu vois étendu

» sans vie, je ne veux pas que son corps » devienne la pâture des oiseaux de proie. »

Un homme, la tête nue, mais armé de toutes pièces, était couché sans mouvement sur le sable, au pied d'une colonne brisée ; son épée rougie de sang était à quelques pas de lui. Une plaie profonde déchirait son flanc ; il ne poussait aucun souffle. Hélas ! c'était l'infortuné Naboul. Talmuch se précipite sur ce cadavre gisant, il l'embrasse, et ses larmes coulent à grands flots sur la poussière sanglante, dont est souillé le corps de son ami.

« Puisque la compassion a des droits sur » ton cœur, dit-il au pasteur, élève la tombe » de Naboul..... mais ne la ferme pas que je » n'y sois entré. »

Revenu un peu de cet affreux saisissement, il demande au berger s'il ne connaissait point le barbare qui avait mis son ami dans ce déplorable état ? Voici tout ce que j'en sais, reprit le pasteur.

« J'étais hier sous ces grands palmiers que » tu vois là-bas, quand un bruit d'armes a » retenti à mes oreilles ; j'ai tourné la tête, » et j'ai vu deux cavaliers armés, qui cou- » raient à toute bride ; ils se sont arrêtés au » lieu où tu vois ces débris de palais : ils ont » mis pied à terre, ont tiré leurs épées, et » ont fondu l'un sur l'autre, avec une fureur » dont je n'ai pas vu d'exemple. Tremblant » de voir un malheur, je me suis jeté

» entr'eux, avec un cri. Etonnés de ma pré-
» sence, ils ont suspendu leur combat ; mais
» bientôt ils m'ont repoussé violemment et
» en me lançant des regards terribles. Moi,
» moins saisi de crainte qu'accablé de dou-
» leur de n'avoir pu sauver la vie à un mal-
» heureux, car je ne doutais pas, à leur
» acharnement, que l'un d'eux ne restât sur
» l'arêne, je me suis retiré à l'écart pour
» voir la fin de ce cruel combat.

» Alors ils se sont repris avec une nouvelle
» furie : on eût dit deux tigres altérés de
» carnage : leurs épées brisées dans leurs
» mains ont volé en éclats. Tous les deux
» étaient couverts de sang ; ils se sont ap-
» prochés, se sont saisi : l'un plus fort et
» moins généreux a enlevé l'autre dans ses
» bras robustes, l'a renversé à ses pieds, et
» du tronçon de son épée lui a fait une large
» blessure. J'ai vu le barbare étincelant d'une
» joie féroce élargir la plaie avec son fer
» émoussé et le plonger à plusieurs reprises
» dans le flanc de son ennemi.

» Après cette action inhumaine, il a re-
» monté tranquillement à cheval et a repris
» le chemin d'Alep : alors je me suis appro-
» ché du malheureux ; un sang noir et caillé
» sortait encore, en bouillant, de sa plaie. Je
» l'ai lavée avec mes larmes : car elles cou-
» laient avec abondance ; j'ai ôté ma robe et
» l'ai mise sous sa tête, que j'ai soulevée.

» J'ai couru chercher des simples, dont la
» vertu m'était connue ; mais tous mes soins
» n'ont pu le rappeler à la vie. J'ai attendu
» jusqu'à ce moment pour lui rendre les der-
» niers devoirs, espérant que quelqu'un de
» sa suite viendrait le chercher : personne
» n'est venu ; c'est pourquoi je travaille à
» creuser sa sépulture.

» O vengeance ! s'écria Talmuch, viens
» à mon secours ; souffle-moi toute ta rage,
» rends-moi plus férore que celui qui a persé
» le sein de mon ami. Et toi ; mortel bien-
» faisant, tes soins ne resteront pas sans
» récompense ; laisse-là ce tombeau com-
» mencé ! Cette terre étrangère ne recevra
» point le corps de mon ami, je veux qu'il
» repose au tombeau de ses ayeux. »

Il revint à Abercouch, où il fit conduire et inhumer son ami avec toute la pompe convenable à son rang et à sa fortune. Il envoya chercher le plus habile sculpteur de la Perse, et lui fit dresser un pompeux monument, sur lequel ils étaient représentés tous les deux, les bras entrelacés ; la mort, d'une main, coupait avec sa faulx une chaîne diamantée qui les entourait, et de l'autre, entraînait Naboul vers un sépulcre ouvert. L'un peignait le désespoir, et semblait défier la mort, en serrant plus étroitement son ami ; l'autre, entraîné, malgré lui, offrait la pâle contenance d'un homme qui regrette amèrement la vie. L'Amitié, sous l'emblême d'une belle femme éplorée, tendait les bras à la Consolation, qui fuyait en tournant la tête d'un air consterné.

L'artiste avait mis tant d'énergie, tant de force et de vérité dans l'air et les diverses attitudes de ses personnages, que les habitans d'Abercouch disaient, en voyant ce superbe mausolée, que Naboul n'était point mort, et qu'il vivrait avec son ami tant que le tombeau durerait.

La soif et la vengeance conduisit Talmuch dans bien des pays. Il parcourut presque toutes les villes de la Perse, pour trouver le meurtrier de son ami. Il ne put rien découvrir, et il revint chez lui désespéré. Alors il se rappela la nuit ou Naboul lui avait apparu, et ses dernières paroles.

Un trait pénétrant de lumière vint frapper ses yeux et les désiller; il songea que l'homme ici bas était esclave et victime du plaisir; qu'il était un arbitre de nos destinées, que les remords avertissaient de la punition du crime, et que la sécurité du méchant était le comble du courroux céleste. Il songea que la terre était un séjour de privations, d'êtres imaginaires et sans réalité, un champ qui promettait des fruits sans jamais en produire. Il ne douta plus de l'immortalité de l'ame; mais il douta du bonheur de son ami dans l'autre monde. Cette idée fit couler ses pleurs, et l'amena à de sérieuses réflexions. Il promit de vivre autrement qu'il n'avait fait jusqu'alors, et il tint sa promesse ; il réforma sa vie, donna la liberté à ses femmes, et les renvoya avec cette foule d'esclaves qui les servaient. Il vendit tous ses biens, les distribua aux pauvres d'Abercouch, et ne garda que cette maison de campagne qui lui était chère, à cause des délicieux momens qu'il y avait passés avec son ami. Tout le monde parlait de son changement. Ses amis le raillaient et ne voulaient point y croire ; il se moqua de tout et suivit son plan. L'amour du vrai vint échauffer son cœur : il cessa de se perdre dans de vaines conjectures, et il commença de voir clairement la route qu'il devait tenir. Sa raison fit des progrès rapides, et bientôt la vertu prit des racines profondes dans son ame. Il devint un sage ; il écrivit : sa morale fut sublime, elle étonna les hommes. Le monarque, qui alors gouvernait la Perse, voulut connaître le mortel qui donnait de si belles leçons à l'Univers ; il le fit venir à sa cour, et reconnut qu'il était au-dessus de sa réputation. Il l'éleva aux dignités, le combla de bienfaits, et l'admit dans le secret de son cœur. Talmuch accepta tout, parce qu'il désirait le bien. Il se souvint du pasteur ; il voulut qu'il restât dans son désert : il fut l'ami des grands, le bienfaiteur et l'appui du peuple ; il devint la colonne de l'empire, et son nom bientôt retentit et fut célèbre dans toute la Perse. La gloire humaine a un terme. Le roi déjà vieux mourut. Son successeur, jeune, eut toutes les faiblesses et tous les défauts de son âge. Il écouta l'accent de la flatterie.

Notre philosophe avait des ennemis : jusques-là ils avaient renfermé leur haine dans le silence. Alors ils éclatèrent : on le calomnia, on prêta des motifs odieux à ses bonnes intentions ; un seul ami qui lui restait l'avertit du danger, lui montra l'orage qui allait fondre sur sa tête, il n'en fut point ému : il plaignit ses ennemis sans leur en vouloir ; mais il s'épargna la douleur de voir commettre une injustice. Il se travestit, prit la fuite à la faveur des ombres, et vint s'établir dans la petite ville d'Almanzour, à cent parasanges d'Ispahan : là, devenu calme et réellement heureux, il bénit son sort, et finit paisiblement, après quelques années, une vie dont les commencemens, à la vérité, avaient été obscurcis par quelques nuages ; mais dont le milieu et la fin avaient été honorés par tant d'actions vertueuses.

TABLEAU DU DÉLUGE.

Déjà les tours de marbre étaient ensevelies sous les flots, déjà les vagues noires roulaient leurs masses énormes sur les têtes des montagnes. Le front sourcilleux d'un rocher s'élevait seul encore du fond des eaux. Un tumulte affreux régnait autour de ses flancs battus par les flots. Les malheureux qui, dans leur désespoir, cherchaient à gravir sa cime, poussaient des crimes lamentables, pendant que la mort, portée sur les ondes, poursuivait la plante de leurs pieds. Là, une portion de la montagne se détache, et se précipite avec tout son fardeau d'hommes gémissans, dans les flots mutinés : ici, des courans impétueux, formés par les pluies orageuses, emportent le fils qui cherche vainement à sauver son père mourant, ou à traîner plus haut sa mère désolée, entourée de ses autres enfens. Il ne restait plus que le sommet supérieur qui s'élevait encore du fond des abymes. C'était sur ce sommet que Semin, jeune-homme généreux, avait sauvé Sémire sa bien-aimée, deux tendres amans qui venaient de se jurer un amour éternel. Ils étaient seuls ; les flots avaient englouti tout le reste ; ils étaient seuls au milieu de l'orage et des vents furieux.

Les torrens de pluie se précipitaient sur eux ; le tonnère grondait au-dessus de leurs têtes ; une mer en furie mugissait sous leurs pieds. D'affreuses ténèbres régnaient autour d'eux, à moins qu'ils ne vissent briller les éclairs au milieu de cette scène d'horreur. Chaque nuage portait la terreur sur son front obscur, et chaque flot, chargé de cadavres, se roulait à travers la tempête, et cherchait de nouvelles destructions. Sémire pressa son amant contre son cœur palpitant ; des larmes, mêlées avec les gouttes de la pluie, ruisselaient le long de ses joues pâles. Elle dit avec des paroles entrecoupées : il n'est plus de salut pour nous, ô mon bien-aimé, mon cher Semin ! Environnés de tout côtés par la mort affreuse... O destruction ! ô désolation ! Toujours elle s'avance de plus près, la mort. Laquelle de ces vagues, ah ! laquelle sera celle qui nous ensevelira ? Soutiens-moi, ah ! mon bien-aimé ! soutiens-moi dans tes bras tremblans. Bientôt, bientôt, entraînés dans la destruction universelle, tu ne seras plus, je ne serai plus... Voici... ô Dieu !... Vois-tu ce flot ? Qu'il est terrible ! Le vois-tu à la lueur des éclairs ? Comme il s'avance ! Voici, ô Dieu ! ô juge !... Elle dit, et se pencha sur le sein de Semin.

Les bras défaillans de Semin serrèrent la jeune fille évanouie. Ses lèvres tremblantes se turent. Il ne voyait plus la destruction d'alentour ; il ne voit que son amante évanouie, penchée sur son sein ; et à cette vue il ressent plus que les angoises de la mort. Il baisa ses joues pâles, lavées par l'eau froide de la pluie ; et la pressant plus fortement contre son sein, il dit : Sémire, ma chère Sémire, réveille-toi. Ah ! reviens encore une fois sur cette scène d'horreur. Que tes yeux se tournent encore une fois sur moi ; que tes lèvres décolorées me disent encore une fois que tu m'aimeras jusqu'à la mort : encore une fois, avant que nous soyons emportés par les ondes.

Il dit et elle se réveilla. Elle tourna sur lui un regard dans lequel étaient exprimées la tendresse la plus vive et l'affliction la plus profonde. Jetant ensuite la vue sur la destruction, elle s'écria : O Dieu ! ô juge ! il n'est donc plus de salut, plus de miséricorde pour nous ? Oh ! comme les eaux se précipitent ! comme le tonnerre gronde autour de nous ! Quelles terreurs manifestent la vengeance implacable de l'Eternel ! O Dieu ! nos années s'écoulaient dans l'innocence. Toi, des jeunes hommes le plus vertueux... Malheur, ah ! malheur à moi ! Ils ne sont plus, ceux qui comblaient ma vie de mille douceurs. Et toi qui m'as donné la vie... aspect cruel !... les flots t'ont emporté de mes côtés. Tu as encore une fois levé la tête et les mains : tu voulais me bénir, mais tu fus englouti... Hélas ! ils ont tous péri, et cependant... ô

Semin ! Semin ! le monde solitaire, détruit, serait pour moi un jardin de délices à tes côtés. Dieu ! les années de notre jeunesse s'écoulaient dans l'innocence.... Hélas ! il n'est donc plus de salut, plus de miséricorde à espérer !.. Mais que dit mon cœur déchiré ? O Dieu ! pardonne ! Nous mourons. Quest-ce que l'innocence de l'homme devant toi ?

Le jeune homme soutenait son amante, qui chancelait aux assauts des autans, et il lui dit : Oui, ma bien aimée, tout être vivant a été détruit sur la terre : on n'entend plus gémir aucun mourant du milieu de cette destruction. O ma Sémire ! ma chère Sémire ! l'instant qui va venir sera notre dernier instant. Oui, elles sont toutes évanouies, les espérances de cette vie ; toutes les perspectives charmantes que nous voyions dans les heures délicieuses de notre amour, elles sont toutes évanouies. Nous mourons : la mort s'élance vers nous, déjà elle touche nos pieds tremblans : mais n'attendons pas, comme le réprouvé, le destin général. Nous mourons. Et... ah ma bien-aimée ! que serait notre vie la plus longue, la plus délicieuse ? une goutte de rosée suspendue à un rocher, et que le soleil du matin fait coucher dans la mer. Relève ton courage. Une éternité de bonheur nous attend au-delà de cette vie : ne tremblons pas maintenant que nous y passons. Embrasse-moi, et attendons avec résignation notre destin. Bientôt, ô ma Sémire! bientôt nos âmes s'élanceront au-dessus de ces abymes d'horreur : pénétrées du sentiment d'une félicité inexprimable, elles prendront l'essor. Grand Dieu! c'est avec cette confiance que mon âme espère. Oui, ma chère Sémire, élevons nos mains vers Dieu. Est-ce à des mortels à juger de ses voies? Celui dont le souffle nous a animés, envoie la mort aux justes et aux injustes : mais heureux celui qui a marché dans le sentier de la vertu! Ce n'est plus pour la vie que nous t'implorons, ô Dieu juste! Enlève-nous dans ton jugement; mais ranime la grande espérance de cette félicité inexprimable que la mort ne saurait plus troubler. Grondez, tonnerre; soulevez-vous, abymes; venez sur nous, ô vagues. Loué soit à jamais le Dieu juste! Que ce soit là notre dernière pensée.

La joie et le courage reparurent sur le visage embelli de Sémire; puis élevant ses mains au milieu de l'orage, elle dit : Oui, je suis remplie désormais de toutes ces grandes espérances. Loue le Seigneur, ô ma bouche! versez des larmes de joie, mes yeux, jusqu'à ce que la mort vienne vous fermer. Un ciel plein de béatitude nous attend. Vous nous y avez précédés, ô vous tous qui nous étiez si chers! Nous vous suivons, et bientôt nous vous reverrons. Ils entourent maintenant le trône du très-haut, les justes; Dieu, après son jugement, les a ressemblés devant sa face. Grondez, tonnerre ; mugissez, abymes : vous êtes les cantiques de sa justice. Ensevelissez-nous, ô flots !.... Voilà.... Ah mon bien-aimé ! embrasse-moi. Voilà qu'elle vient, la mort ; elle s'avance sur cette vague noire. Embrasse-moi, Semin ; ne m'abandonne pas. Ah ! déjà l'onde me soulève.

Je t'embrasse, Sémire, dit le jeune-homme, je t'embrasse. O mort, je te salue ; nous voici. Loué soit l'être éternellement juste !

Ils parlaient ainsi, et se tenant embrassés, ils furent entraînés par les flots.

www.ingramcontent.com/pod-product-compliance
Ingram Content Group UK Ltd.
Pitfield, Milton Keynes, MK11 3LW, UK
UKHW022121190726
13855UKWH00003B/992

9 782013 061407